Le Destin de Lucian

Paul Toskiam

This is a work of fiction. Similarities to real people, places, or events are entirely coincidental.

LE DESTIN DE LUCIAN

First edition. October 26, 2024.

ISBN: 979-8227694034

Written by Paul Toskiam.

Also by Paul Toskiam

The Curse of Patosia Bay
Le bus de la peur
The fear bus
Elle mord les Zombies !
She Bites Zombies
No Treasure for the Brave
Pas de Trésor pour les Braves
Black Stone Hunter
Chasseur de Pierres Noires
Le Destin de Lucian
The Fate of Lucian

Avertissement

Ce livre est une œuvre de fiction. Les noms, les personnages, les lieux et les incidents sont le fruit de l'imagination de l'auteur et sont utilisés de manière fictive. Toute ressemblance avec des personnes réelles, vivantes ou décédées, des événements ou des lieux est entièrement fortuite.

Ce livre ne doit pas être utilisé comme source d'information ou de conseil. L'auteur et l'éditeur de ce roman n'acceptent aucune responsabilité pour tout dommage causé par la lecture de ce roman.

Ce roman est destiné aux adultes ayant atteint l'âge de la majorité légale dans le pays d'achat, et contient des scènes qui peuvent être choquantes pour certains lecteurs.

PAUL TOSKIAM

Une image parfaite

Lucian contempla son reflet dans le miroir du Grand Salon avec satisfaction. Les derniers rayons dorés du soleil qui perçaient à travers les fenêtres venaient caresser les traits délicats de son visage. Les yeux de Lucian brillaient d'une lueur inquiétante. Ses cheveux noirs, soigneusement coiffés, lui conféraient une allure à la fois sauvage et sophistiquée. Selon ses propres critères : il était tout simplement magnifique.

Témoin de cette scène presque théâtrale, Nia se tenait sur le côté, silencieuse et discrète. Elle savait qu'il n'aimait pas être dérangé pendant qu'il s'admirait longuement dans son miroir. C'était un maniaque du détail et il devait s'assurer que tout était parfait. Elle avait l'habitude. Elle ne lui en voulait pas. Elle se contentait d'attendre que ce cérémonial maniéré se termine. Pourtant elle ne pouvait s'empêcher de l'observer du coin de l'œil. Elle le contemplait comme si le temps ne comptait plus, avec respect et de fascination. Et surtout, elle savait mieux que quiconque que Lucian n'était pas du genre à apprécier les compliments. Pour lui, les compliments étaient la drogue des faibles. Et sa froideur sur ce sujet était réputée dans la maison.

"Tu es magnifique ce soir", murmura-t-elle, ne pouvant s'empêcher d'exprimer ses pensées les plus intimes.

Lucian se retourna brusquement sur elle, ses yeux remplis d'une arrogance glaciale.

"Tu sais comment gâcher la fête, n'est-ce pas ?", répliqua-t-il d'un ton cinglant, la repoussant d'un geste sec.

Nia ne se formalisa pas de cette réponse acerbe. Elle savait que la nervosité était le principal trait de caractère de Lucian lorsqu'il devait sortir en ville. Chaque déplacement à l'extérieur était une aventure fastidieuse qu'il s'infligeait parfois à contrecœur.

Il débutait par une toilette méticuleuse, prenant le temps d'apporter chaque soin nécessaire à son corps parfait. Il choisissait ensuite parmi ses milliers de tenues, sélectionnant avec un soin maniaque les matières et les couleurs qui s'harmoniseraient le mieux. Le rasage était alors réalisé avec une précision chirurgicale, suivi d'une coiffure impeccable. Les accessoires, ceintures, cravates, nœuds, bagues et bracelets, venaient parfaire sa tenue, sélectionnés en fonction de son état d'esprit du jour. Chaque détail devait être parfait, comme s'il avait une charte graphique bien précise en tête. Son personnel était entièrement dévoué à chacune de ces tâches, courant dans tous les sens pour satisfaire les moindres caprices de leur maître.

Ce soir-là, Lucian avait prévu de se rendre à un dîner au restaurant Le Renaissance, en compagnie de quelques amis triés sur le volet. C'était un événement mondain très attendu, rassemblant la crème de la société. Pour Lucian, c'était une soirée cruciale, une occasion de se montrer au sommet de son charme et de sa puissance. Cependant, personne ne se doutait de l'énorme pression qu'il vivait de l'intérieur.

La société le percevait comme un être froid et autoritaire, mais personne ne suspectait les luttes intérieures auxquelles il faisait face. Il avait un besoin constant de prouver sa valeur, de se démarquer des autres. Chaque détail, chaque choix vestimentaire, était une bataille.

Lucian se tourna vers Nia, toujours debout à ses côtés. Il remarqua son regard empli de compréhension et d'empathie. Malgré son attitude glaciale, elle était une des rares personnes à véritablement le comprendre.

"Fais préparer la voiture, Je dois bientôt partir", annonça-t-il d'une voix calme, bien que son regard trahît encore une certaine nervosité.

Nia opina, s'inclinant légèrement avant de se diriger vers la porte. Alors qu'elle quittait la pièce, elle ne put s'empêcher de se demander ce qui pouvait bien hanter l'esprit toskde Lucian, ce qui le poussait à se soumettre encore à ce rituel sacrificiel.

Les minutes qui suivirent s'écoulèrent dans une excitation grandissante. Lucian s'attela à ses derniers préparatifs avec une attention obsessionnelle, chargée de tics et de rituels, comme s'il voulait chasser le mauvais sort. Il s'assura que tout soit parfait avant de quitter son domaine majestueux pour rejoindre la société et ses mondanités, qu'il méprisait tant, mais dont il ne pouvait se passer. Ce domaine s'étendait sur une verdure luxuriante, une oasis de beauté et de tranquillité à l'écart du tumulte de la ville.

Florinda conduisait la voiture, sans dire mot. Elle savait qu'il valait mieux rester silencieuse pendant ce parcours. Elle ne voulait pas se prendre une avalanche de remarques et parfois d'insultes. La voiture s'arrêta devant le restaurant Le Renaissance. Les portières de la voiture étaient alignées exactement devant la porte d'entrée du restaurant. Lucian inspira profondément, cherchant à apaiser son esprit en ébullition. Il savait que dès l'instant où il franchirait ces portes, il serait observé et jugé. Mais malgré ses doutes et ses peurs, il devait avancer, pour prouver sa valeur à chaque instant.

Nia, toujours à ses côtés, lui adressa un sourire encourageant, un soutien silencieux qui le réconforta plus que jamais. Avec une pointe d'humour et d'affection, il appelait Nia et Florinda ses "muettes". Elles savaient respecter ce silence indispensable lorsqu'il devait affronter le monde réel. Malgré cette carapace psychologique qu'il avait construite, Nia était l'une des seules personnes à véritablement comprendre son âme tourmentée.

Les portières centrales de la longue limousine noire s'ouvrirent. Lucian en sortit d'un bond en avant, comme un athlète du saut en longueur. En seulement quelques pas, il était déjà à l'intérieur. Il ne s'était pas retourné une seule fois sur Nia et Florinda qui repartaient déjà, le laissant seul et sans assistance. Elles savaient que cela pouvait parfois avoir des conséquences inattendues. Et ce soir-là, les évènements qui allaient suivre leur donneraient une nouvelle fois raison.

Alors qu'il pénétrait dans le restaurant, le regard de Lucian se perdit dans la foule, à la recherche de ceux qui l'attendaient. Des visages familiers lui adressèrent des sourires chaleureux, des congratulations hypocrites dissimulées derrière de faux éloges. Tout ce qu'il détestait.

La soirée s'annonçait longue, très longue. Les conversations futiles se mêlaient à l'atmosphère feutrée qui régnait dans cet endroit de prestige. Mais Lucian était résolu à jouer son rôle, à incarner l'homme puissant et séduisant que tous attendaient.

Alors que ses amis le congratulaient, formant un cercle autour de lui, Lucian se figea un instant, observant son reflet dans les miroirs omniprésents du restaurant. Son cœur se serra, une part de lui se demandant si tout cela en valait vraiment la peine.

Pourtant il faisait de gros progrès ces derniers temps. Il était presque prêt à affronter la soirée, à laisser éclater sa splendeur devant ceux qui ne demandaient qu'à être éblouis.

LE DESTIN DE LUCIAN

Le Renaissance

"Ce type regarde depuis cinq minutes."

"Lequel ?"

"Celui-là, le mec qui se la pète avec son manteau gothique."

"Putain, t'as raison. Il doit transpirer comme une truie avec cette armure."

"Sandra, c'est un mec. Un mâle. S'il transpire c'est comme un porc, pas comme une truie... Tiens, tu le vois comment il me regarde ?"

"Bah, tu es sûre que c'est pour toi ?"

"Oui. Ça fait un moment que je surveille son petit jeu. Il a déjà tourné la tête dix fois sur moi."

"Ça va, t'es encore en plein délire. Tu te crois vraiment irrésistible ?"

"Arrête !"

"Va lui parler alors."

"Ah ouais ? C'est lui qui me mate et c'est moi qui dois lever mes fesses ?"

"Tu me fais rire Carla. Tu passes ton temps à chercher l'attention, et quand ça mord, tu flippes."

"Je vais appeler les flics, oui !"

"La vérité c'est que tu es déjà amoureuse de lui. T'es une rapide, toi."

"Arrête tes conneries, s'il te plaît."

"Regarde !"

"Quoi ?"

"Il vient vers nous..."

"Ah merde. On fait quoi ?"

"Moi ? Rien."

"Sandra, ne me laisse pas tomber sur ce coup-là. Invente n'importe quoi, mais je ne veux pas parler à ce type."

Lucian s'approcha de Carla et de Sandra, comme s'il glissait sur un tapis volant, dans un mouvement fluide et harmonieux, qui contrastait avec sa carrure de bûcheron. Il avançait peut-être sur un tapis volant, mais au ralenti. Ses cheveux noirs mi-longs flottaient dans le vent, et son manteau ouvert se gonflait par moments comme une voile, donnant l'impression d'une cape de vampire qui flottait dans les airs.

Évidemment, il n'y avait aucun coup de vent dans ce restaurant un peu chic du centre-ville : Le Renaissance. Mais Lucian déplaçait tant d'air autour de lui en s'approchant d'elles que l'illusion du ralenti et du temps qui se dilate était parfaite. Plus il approchait, plus on remarquait qu'il était vraiment taillé comme un double réfrigérateur de deux mètres et qu'il aurait pu défoncer les murs d'une pichenette. Aucun doute, ce n'était pas le genre de type sur lequel on voudrait tomber dans une petite ruelle isolée en pleine nuit. Il faisait peur. D'un profil, ses traits fins et pâles lui donnaient un air enfantin, et de l'autre, il apparaissait bien plus menaçant. Son manteau ample semblait chargé d'objets lourds et d'armes secrètes. Il couvrait un costume complet noir a gilet juste au corps, sur une chemise et une cravate lavallière en satin. Selon sa posture, ses cheveux venaient masquer en partie ses yeux d'un noir profond et luisant. Carla et Sandra le dévoraient des yeux, complètement fascinées, mais tétanisées par tant de noirceur et de mystère condensés en un seul homme. Elles jouèrent à celles qui ne l'avaient même pas remarqué. C'était leur technique de drague habituelle : jouer les indifférentes et les inaccessibles.

"Bonsoir mesdames. J'organise une petite soirée avec quelques amis de qualité dans ma demeure hors de la ville. Cela vous dirait d'en faire partie ?"

Carla regarda Sandra qui regarda Carla. Prises de court, elles étaient à deux doigts de se pisser dessus. Ou quelque chose comme ça.

Ce type, qui se prenait pour l'archétype du grand ténébreux, sorti de nulle part, venait de leur demander de passer la nuit chez lui. Sa désinvolture et sa confiance en lui semblaient être les armes auxquelles il était habitué en matière de séduction. Il fallait aussi ajouter que son physique avantageux était sans doute aussi sa clé universelle pour débloquer toutes sortes de situations, et de cœurs à prendre. En principe, c'était bien le genre de type direct et sûr de lui qu'elles détestaient. En principe.

Bizarrement, vu de près, il était beaucoup plus fin et pâle. Il était toujours très grand, mais soudain très fin, avec des mains de pianiste, loin du bûcheron qui s'était levé au loin pour s'approcher d'elles il y a quelques secondes. "Bienvenue dans l'étrange...", murmura Carla, moqueuse.

C'était comme si quelque chose d'impossible à discerner venait de changer en lui, en temps réel.

"Tu pourrais te présenter avant, non ? lui demande Sandra, un peu frustrée d'être traitée comme une pièce de viande à cuisiner."

"Oh, bien sûr. Je suis Lucian. Je dois retourner à ma table, mes amis s'impatientent déjà. Je vous laisse ma carte. Vous pouvez venir à partir de minuit. On pourra faire connaissance ?"

Sans demander son compte, il tourna les talons, en les faisant claquer comme un militaire, et rejoignit sa table. Ses amis, complètement ivres, jouaient avec la nourriture en s'envoyant des morceaux au visage. Ils commençaient effectivement à s'impatienter.

"Franchement, tu as vu ses potes ?"

"Difficile de les rater. Tout le restaurant est sur eux."

"Tu veux mon avis Carla ? Ce plan il pue comme une vieille chatte mal entretenue."

Carla espionnait la table de Lucian d'un regard en biais pour ne pas être repérée. Mais son regard trahissait une forme d'attraction. Son visage exprimait pourtant un dégoût devant ce spectacle d'orgie alimentaire.

"Quand je vois ta tête, je sais que tu vas quand même y aller" commenta Sandra sur un ton chargé de toute la fatalité du monde.

"Viens avec moi."

Sandra lui adressa un petit sourire en coin et fit non de l'index, comme si elle s'attendait à cette demande. Jouer la dame de compagnie ? Très peu pour elle.

"Allez Sandra ! On va s'amuser un peu. T'en as pas marre de ton boulot de merde de vendeuse de fringues de merde ?"

"Hé, arrête avec ça. Tu n'es pas mieux lotie avec ton job de femme de ménage. C'est peut-être un boulot de merde mais je te rappelle qu'il paie la note ce soir ma jolie."

"D'accord. Excuse-moi. Je ne voulais pas dire ça."

"Putain, il t'a retourné le cerveau en deux secondes ce type. Sans te toucher en plus. Qu'est-ce que ça va donner s'il te touche ?", plaisanta-t-elle dans l'intention de provoquer un peu son amie.

"Qu'est-ce que tu insinues ? Tu crois que je vais me le faire ? Comme ça sur un coup de tête ?"

"Oh, ça ne serait pas la première fois, non ?"

"Bon. Laisse tomber. Je trouverai quelqu'un d'autre pour m'accompagner", rétorqua Carla en faisant la grimace, boudeuse comme une petite gamine.

Sandra sourit en terminant son verre de vin blanc qui accompagnait le pavé de saumon qu'elle venait d'engloutir. Elle connaissait Carla comme une sœur. Et à ce moment-là de sa vie, Carla cherchait un mec, un vrai. En fait elle ne cherchait pas simplement un mec, elle cherchait SON mec. Oui, celui avec qui elle fondera sa famille. Elle n'y pouvait rien. Ses hormones avaient franchi le stade thermonucléaire, depuis un moment déjà. Elle était prête à tourner la page de sa vie dissolue et à construire son petit nid douillet. C'est pourquoi elles sortaient presque toutes les semaines. Ça plombait sévèrement leurs économies car Carla insistait pour fréquenter uniquement les meilleures adresses. Elle chassait délibérément le mâle premium. Elle voulait une paire de couilles et un portefeuille, et de préférence les deux bien remplis. C'était une envie banale. Pourtant ce genre d'article était très difficile à trouver en rayon. Il y avait peu de stock et beaucoup de demande. Donc quand elle en verrouillait un dans son viseur, elle ne le lâchait plus.

"Hé, tu es encore avec moi ou tu es déjà dans le lit avec lui ?"

"Heu, désolée, oui, je suis un peu partie. On disait quoi ?", demanda Carla en papillonnant des yeux et en se recoiffant comme si elle sortait du lit.

"Je dis que c'est d'accord, je viens avec toi. Mais tu dois me promettre une chose, Carla."

"Oh, tu sais que je t'aime toi. Tu le sais, n'est-ce pas ?"

"Si jamais ça accroche entre vous... Tu penseras à moi ? Tu lui demanderas s'il a un copain à me présenter ?"

L'atmosphère dans le restaurant était électrique, remplie de rires, de conversations animées et de verres qui s'entrechoquent. Carla et Sandra, toujours en train de discuter, étaient loin de se douter que leur soirée allait être brutalement interrompue.

Soudain, un bruit assourdissant retentit, comme une déflagration, faisant vibrer tout l'établissement.

Puis les clients se sont figés dans un silence soudain, leurs yeux remplis de confusion et de peur dans un nuage de fumée grise et de poussière blanche. Les vitres ont volé en mille morceaux, projetant des éclats de verre à travers la pièce à une vitesse effroyable. Ceux qui se trouvaient sur la trajectoire furent transpercés et terrassés sur place. Les murs ont tremblé, certains se sont même effondrés sous la force titanesque du souffle.

En une fraction de seconde, Le Renaissance avait basculé dans le chaos le plus complet. Dès que le soufflé est retombé, les gens qui n'avaient pas été touchés se sont précipités, à l'instinct, pour trouver un abri de fortune, ou une issue. Certains étaient gravement blessés, saignant abondamment, hurlant de douleur alors que d'autres tentaient déjà de les aider du mieux qu'ils le pouvaient avec des méthodes de fortune.

"Sandra, qu'est-ce qui se passe ?! C'était une explosion ? On doit sortir d'ici, maintenant !", dit Carla en toussant et en essuyant la poussière qui avait recouvert son visage et ses yeux.

"Carla, j'ai peur. Ne laisse personne nous séparer, promets-moi !", dit-elle en bredouillant, les yeux remplis de terreur, comme si elle suivait une forme invisible devant elle.

"Reste près de moi, on va s'en sortir", la rassura Carla en la saisissant par la main.

Carla et Sandra ont été projetées au sol par la force de l'impact. En état de choc, elles découvraient peu à peu les dégâts sur les survivants. Leurs propres corps étaient couverts de débris, mêlant poussière, verre brisé et échardes de bois. Elles se sont relevées lentement, essayant de comprendre ce qui venait réellement de se passer.

"On est couvertes de sang... Ce n'est pas le nôtre, n'est-ce pas ? Dis-moi que ce n'est pas le nôtre !", s'écria Sandra en prenant consciences de l'ampleur des dégâts sur les corps entassés qui les entouraient.

"Je... je ne sais pas. Il faut qu'on sorte d'ici, maintenant !",

Les tables, renversées, semblaient des barricades improvisées, et ralentissaient toute progression. Les chaises cassées jonchaient le sol telles des épaves abandonnées. Les débris, tels des fragments d'une réalité brisée, défiguraient les lieux. La lumière vacillante des flammes, avides de destruction, avait commencé à se propager dans chaque recoin de l'établissement, engloutissant les rideaux autrefois luxuriants et les nappes immaculées. Le crépitement de l'incendie et ses fumées noires se mêlait aux hurlements de douleur, créant une cacophonie terrifiante qui emplissait l'air suffocant et toxique.

Dans cette atmosphère apocalyptique, les cris d'agonie se confondaient avec les premières sirènes stridentes. Leurs notes discordantes résonnaient dans la nuit, comme un écho funeste de l'effroi et de la tragédie qui se jouaient derrière les murs enflammés. Les pompiers et les ambulances, symboles d'espoir et de secours, se rapprochaient, apportant une lueur d'espoir de sauver le plus de vies possibles.

"Regarde tout ça… C'était si paisible. Qui aurait pu faire ça ?", demanda Sandra en regardant les ruines autour d'elle, complètement sonnée.

"Je ne sais pas, mais on doit rester concentrées. On doit trouver un moyen de sortir d'ici", proposa Carla en luttant pour garder son calme et ne pas hurler.

Avec la plus grande difficulté, Carla et Sandra se sont frayé un chemin à travers les décombres, essayant de trouver une issue à l'air libre. La fumée était épaisse, rendant la respiration difficile, par endroits étouffante, et les yeux larmoyants. Elles ont trébuché sur des cadavres de tables et de chaises, évitant les morceaux de verre tranchants qui jonchaient le sol. Submergées d'horreur, elles ont aussi rampé sur des cadavres de clients, certains complètement déchiquetés dans un bain de sang qui n'en finissait pas.

"Je ne peux presque plus respirer… Sandra, reste derrière moi. Je vais essayer d'ouvrir un passage", dit Carla en toussant et en recrachant tout ce que ses bronches venaient d'absorber en quelques secondes.

"Fais vite, je… j'ai l'impression que je vais m'évanouir", répondit Sandra d'une voix tremblante, le regard perdu.

Portée par une montée d'adrénaline, Carla a saisi un coin de table déchiqueté et a commencé à percuter la vitre d'une des fenêtres qui donnait sur l'extérieur. Elle fermait les yeux et tournait la tête à chaque coup pour ne pas risquer de se blesser davantage. Elle y a mis toute sa rage et la vitre a fini par céder. "Sandra ! Viens, aide-moi!", cria-t-elle pour animer son amie qui se trouvait submergée par une sorte de torpeur. "Accroche-toi à moi. je vais t'aider à avancer", proposa Carla en passant les bras de Sandra autour de ses épaules.

Difficilement, elles ont grimpé à travers le cadre effondré, leurs mains couvertes de poussière, en patinant à plusieurs reprises sur les débris de verre sous leurs pieds. Une fois dehors, elles ont pris une profonde inspiration, se soutenant toutes les deux et remplissant leurs poumons de l'air frais de la nuit.

Portée par une montée d'adrénaline, Carla s'empara d'un coin de table déchiqueté et se mit à frapper la vitre de la fenêtre qui donnait sur le monde extérieur. Les yeux clos, elle tournait la tête à chaque coup, préservant ainsi sa sécurité. Incarnant toute sa rage et sa détermination, elle martelait le carreau, impatiente de le voir céder. "Sandra ! Viens m'aider !" cria-t-elle, espérant raviver l'énergie de son amie qui semblait plongée dans une léthargie inexpliquée.

Dans un geste altruiste, Carla s'approcha de Sandra, passant les bras de cette dernière autour de ses épaules afin de la soutenir. Malgré leurs mains ensanglantées et couvertes de poussière, elles escaladèrent difficilement le cadre brisé, manquant plusieurs fois de déraper sur les débris de verre jonchant le sol. Enfin libérées de cet enfer intérieur, elles prirent une profonde inspiration. Assises à même le bitume de la rue, elles savouraient enfin l'air frais de la nuit qui emplissait leurs poumons, tout en puisant dans cet élan mutuel pour se soutenir davantage.

"On est enfin dehors... Je ne pensais pas qu'on y arriverait", confia Sandra en se cramponnant encore à Carla.

"On l'a fait, Sandra, on est en sécurité maintenant. Mais on ne peut pas oublier ce qu'il s'est passé là-dedans. Tant de vies ont été perdues...", murmura Carla, d'une voix triste et haletante, ses bras autour de Sandra.

Les sirènes se faisaient de plus en plus présentes, signe de l'arrivée imminente des secours. Elles se sont regardées, pendant un long moment. Des larmes mêlées d'horreur et de joie filaient sur leurs joues couvertes de poussière, traçant des lignes comme des traces de skis dans la neige. Elles se sont prises dans les bras, se réconfortant mutuellement alors qu'elles réalisaient la chance qu'elles avaient de s'en être sorties indemnes.

Alors que les pompiers commençaient à intervenir sur l'incendie, des journalistes arrivaient déjà sur les lieux, cherchant à capter toutes les informations disponibles et des images choc. Une des journalistes les repéra aussitôt et s'approcha d'elles suivie de son caméraman.

"Bonjour, vous êtes en direct sur HZM8. Puis-je vous poser quelques questions sur ce qui s'est passé à l'intérieur du restaurant ?"

"Pas maintenant, s'il vous plaît. On vient à peine de sortir de ce merdier, on a besoin de respirer", répondit Carla, en lui demandant de s'éloigner d'un geste de la main, le visage livide, encore marqué par le choc émotionnel.

"Qu'est-ce que ça vous fait d'avoir survécu à cet événement incroyable ? On parle de plusieurs dizaines de morts", interrogea la journaliste en pointant alternativement son micro vers leurs bouches.

"*Évènement incroyable ?... CA FAIT CA !*", hurla Sandra dans une pulsion de rage, en se jetant sur la journaliste, pour la frapper au visage avec son micro qu'elle tentait d'utiliser comme un marteau.

"SANDRA ! QU'EST-CE QUE TU FAIS ?", hurla Carla à son tour, prise de panique de voir son amie s'acharner sur la journaliste a grands coups de micro au visage, puis se jeter sur le caméraman pour lui réserver le même sort.

"Sandra, arrête ! Arrête... regarde ça...", dit Carla ébahie de l'apparition devant elles.

À quelques mètres de là, Lucian émergea de l'obscurité telle une silhouette énigmatique. Sa stature grande, élancée et élégante se dessina au travers des volutes de fumée émanant encore du restaurant incendié. Le jeu des flammes faisait resplendir son imposante carrure, son ombre se découpant nettement dans ce halo de lueur incandescente.

Telles des statues pétrifiées, les personnes affolées, qui s'agitaient frénétiquement quelques instants plus tôt, se figèrent subitement en le découvrant. Leurs yeux s'écarquillèrent d'étonnement et de surprise devant l'apparition de cet homme mystérieux, émergeant tel un fantôme au cœur de ce chaos destructeur.

Étrangement, il ne portait aucune trace de l'explosion. Ses cheveux étaient parfaitement ordonnés, sa tenue soignée. Il était intact, comme s'il venait d'arriver sur les lieux.

Le silence, oppressant, s'installa alors que les regards intrigués se braquaient sur cet être insaisissable.

D'autres journalistes présents, toujours en train de couvrir l'événement et l'ayant reconnu, se sont empressés de le filmer et de le photographier. La plupart étaient captivés par l'étrangeté de sa présence. Les questions ont fusé, mais il n'a pas répondu, gardant le silence et restant concentré sur ce qui se passait autour de lui.

Les secours commençaient à prendre le contrôle de la situation. Le chef des pompiers s'approcha de Lucian, espérant obtenir des informations supplémentaires sur les circonstances de l'explosion.

Mais il ne prononça pas un mot. Son silence était empreint de gravité, semblant porter avec lui un fardeau lourd et secret. Il se contenta d'observer les lieux, comme s'il cherchait quelque chose ou quelqu'un.

Puis, sans un mot, il disparut aussi rapidement qu'il était apparu. Certaines personnes jureraient l'avoir vu se fondre dans une colonne de fumée, d'autres affirmaient qu'il avait tout simplement disparu dans les ténèbres de la nuit. Il n'était pas nécessaire d'être un fin observateur pour constater que personne sur place n'avait la moindre idée d'où il avait bien pu passer.

Les journalistes passaient déjà en revue les premières rumeurs issues des réseaux, alimentant les spéculations sur l'événement tragique. On y parlait de magouilles politiques pour orienter le résultat des prochaines élections ou de complot commandité par l'opposition.

Une fois cette attraction terminée, Carla se releva, retrouvant tout son courage pour quitter l'endroit au plus vite.

"Allez viens, on s'en va !", ordonna-t-elle en tirant la main de Sandra.

"On va où ?", demanda Sandra encore déboussolée par l'apparition - et la disparition - de Lucian.

“Je n'en sais rien. On sort d'ici. C'est tout ce que je sais.”

Sandra se releva à son tour et elles se frayèrent un chemin à travers les secours, évitant soigneusement les regards curieux et furtifs des pompiers qui leur proposaient leur aide et des policiers qui voulaient les interroger.

Elles avançaient silencieusement, tentant de se fondre dans la foule agitée qui se rassemblait autour du périmètre de sécurité établi par les autorités. L'air était encore imprégné de fumée et l'urgence occupait tous les esprits présents. Les deux jeunes femmes se sentaient plus vivantes que jamais, comme prêtes pour un nouveau départ que venait de leur offrir le destin.

“Carla, peux-tu me dire où on va ?” chuchota Sandra, exigeant une réponse concrète, le regard fixé sur la sortie du périmètre.

“Tout ce que je sais, c'est que je ne veux pas être interrogée par la police et répondre à des questions auxquelles je n'ai pas de réponses”, répondit Carla, essayant de garder son calme malgré la panique qui menaçait de la submerger.

Les deux amies se glissèrent discrètement entre les véhicules de secours et les badauds. Dans ce vacarme, cette profusion de lumières, d'odeurs de brûlé et cette confusion, elles cherchaient le moindre interstice qui leur permettrait de s'éloigner de l'endroit. Elles peinaient pourtant à quitter cette zone avant que la police n'ait la chance de les interpeller.

Au fur et à mesure qu'elles avançaient, la foule se faisait moins dense et le tumulte moins intense. Elles étaient sur le point de sortir du périmètre lorsqu'elles furent soudainement interceptées par un officier de police.

“Mesdemoiselles, je suis désolé, mais personne ne peut sortir d'ici pour le moment. Nous devons interroger tous les témoins oculaires de l'explosion”, déclara-t-il d'un ton autoritaire.

Elles échangèrent un regard paniqué, réalisant à quel point leur tentative de fuite était peut-être vaine. Elles ne savaient pas quoi dire, comment justifier leur éloignement progressif des lieux sans éveiller les soupçons.

"Excusez-moi, officier, nous ne sommes que des clientes. Nous dînions dans le restaurant au moment de l'explosion", détailla Carla, essayant de paraître innocente et neutre.

"Je comprends, mais nous devons vérifier cette information", répondit l'officier, un sourcil levé de suspicion.

Sandra sentit la panique l'envahir, tandis que Carla réfléchissait frénétiquement à un moyen de se sortir de cette situation délicate.

"Officier, si vous le permettez, nous avons vécu un moment très traumatisant. Nous avons besoin de prendre l'air et de nous éloigner de toute cette agitation. Nous serons disposées à témoigner lorsque vous voudrez. On a juste besoin de retrouver le calme pour l'instant", expliqua Carla d'une voix tremblante, espérant amadouer l'officier.

Il les dévisagea de la tête aux pieds, sembla hésiter un instant, puis finalement acquiesça.

"D'accord, mais ne vous éloignez pas trop. Vous devriez accepter l'aide qu'on vous propose et vous laisser soigner. Vous saignez à plusieurs endroits. Sans soins, vous n'irez pas bien loin."

Les deux jeunes femmes se regardèrent mutuellement. Elles avaient complètement éludé cet aspect des choses. Leur corps était zébré d'égratignures plus ou moins superficielles et leurs vêtements noircis et déchirés par endroits.

"Nous aurons besoin de vous revoir ultérieurement pour prendre votre déposition. Restez dans ce périmètre", prévint l'officier d'un œil vigilant.

Sandra et Carla soufflèrent de soulagement en s'éloignant encore un peu. Elles retrouvaient progressivement un calme qu'elles croyaient avoir définitivement perdu dans la panique. Elles commençaient à se refroidir, sentant arriver les douleurs provoquées par leurs blessures. Contrairement à la plupart des gens, Carla avait une nature plus solitaire et elle cherchait instinctivement à rester à l'écart des choses.

Elle profitait de ce début d'accalmie pour mettre de la distance entre elles et la zone de danger. Et son amie se contentait de la suivre.

"Carla, où est-ce qu'on va maintenant ?" demanda Sandra, cherchant un semblant de direction. Elle avait perdu une partie de sa volonté après ce choc psychologique intense. Chacun réagit à sa façon : Sara cherchait à fuir, Sandra était sidérée sur place.

"On doit quitter ce merdier. Ce flic ne doit pas nous voir disparaître sinon il va lancer ses chiens sur nous", répondit Carla, réfléchissant sans grand succès à un plan salvateur.

Les deux amies marchèrent rapidement à travers les rues éloignées du restaurant Le Renaissance, ou du moins de ce qu'il en restait. L'endroit devenait plus sombre et désert, hors des grands axes bloqués et surchargés de véhicules de secours. Elles ne savaient pas où se réfugier, mais leur seul objectif était de rester en sécurité et de trouver un moyen de mettre fin à cette soirée cauchemardesque.

Finalement, elles arrivèrent à une station de métro, presque déserte. L'entrée de la station était fermée par le grillage. Carla remarqua une porte métallique entrebâillée sur le côté des marches. Elle s'approcha pour vérifier cette ouverture qui s'offrait à elles et, pleine de joie, fit un signe à Sandra de la suivre à l'intérieur. La porte avait probablement été forcée depuis longtemps par des gens sans domicile qui devaient s'en servir d'abri la nuit. Elles se faufilèrent dans le petit couloir humide qui les mena après plusieurs séries d'escaliers abruptes vers la station de métro, à demi éclairée. Sandra l'observait son amie avec un grand intérêt, fascinée de la voir encore si énergique et pleine d'initiative.

"C'est un bon endroit pour souffler un peu et réfléchir à notre prochaine étape", suggéra Carla en s'asseyant sur des sièges sur le quai.

Sandra acquiesça, sentant l'épuisement et la tension s'installer dans ses muscles endoloris. Elles restèrent silencieuses pendant quelques instants, savourant l'ombre et le silence de ce lieu momentanément abandonné.

"Carla, tu sais ce qui m'intrigue le plus dans tout ça ?", demanda finalement Sandra, rompant le silence.

"Quoi donc ?", répondit Carla, tournée vers son amie, désireuse de partager ce fardeau.

"Lucian... Tu l'as vu comme moi, non ?", dit-elle en fixant les rails comme si les évènements défilaient à nouveau devant ses yeux.

"C'est vrai. Maintenant que tu en parles, sa table a été complètement emportée par la détonation", souffla Carla, pensive, tentant aussi de visualiser la scène parmi l'avalanche d'images violentes qui s'entrechoquaient dans son esprit.

"Et tu as remarqué comme il n'avait rien. Aucune trace de poussière sur lui, aucune égratignure, il n'était même pas décoiffé. Tout ça reste un mystère pour moi."

Carla réfléchit un instant, laissant le poids de toutes ces questions s'enfoncer en elle.

"Sandra, je ne sais pas quoi te dire pour te rassurer. Mais une chose est sûre, notre vie a basculé ce soir."

"C'est peu de le dire. Putain, on a failli griller dans ce restaurant !", cria Sandra pour expulser sa peur et la tension nerveuse accumulée ces dernières minutes. Sa voix résonna d'une sonorité métallique dans la station, comme amplifiée par la voûte en arc de cercle du plafond.

"Parle moins fort. Ça résonne ici, chuchota Carla. On doit découvrir la vérité sur ce qui s'est passé et sur Lucian", expliqua Carla, de nouveau inspirée.

"Non, sans moi. Laisse la police faire son boulot. Et ce type, il est trop louche. Apparemment c'est une célébrité. Tu as vu les journalistes se jeter sur lui ?"

"Oui, j'ai vu. Tu te dégonfles ?"

"Non. Ça n'a rien à voir. Là, je veux juste retrouver mon lit et dormir trois jours d'affilée", expliqua Sandra en s'étirant et en grimaçant à cause de ses muscles endoloris.

Les mains de Carla enveloppèrent les siennes, glissant doucement pour apaiser son âme troublée. Dans ce moment de clarté, une révélation l'envahit : Sandra était plongée dans un réel état de choc qui nécessitait des soins urgents. Elle avait sous-estimé la situation.

Soudain, elles entendirent des grognements terrifiants provenant du tunnel sombre à proximité. Les grognements semblaient se rapprocher, remplissant l'air d'une tension palpable. Carla et Sandra sursautèrent au même moment et échangèrent un regard de terreur, réalisant qu'elles n'étaient pas seules dans cette station de métro déserte.

Sans réfléchir, elles se levèrent brusquement et commencèrent à courir dans la pénombre oppressante. Leurs pas résonnaient dans les halls vides tandis qu'elles tentaient désespérément de retrouver la sortie. Les grognements se transformèrent bientôt en rugissements, faisant vibrer les murs autour d'elles. Ces sons agressifs ne donnaient pas envie de se retrouver face à face avec la chose qui les produisait. Pourtant cette chose approchait très rapidement.

Leur course effrénée les conduisit dans des tunnels étroits et sinueux, où la lumière s'amenuisait encore à chaque pas. Leurs pieds glissaient sur le sol humide, mais elles continuaient de courir, aveuglées par la peur et leur instinct de survie qui refaisait surface. Les grognements se faisaient maintenant assourdissants, résonnant tout autour d'elles comme des échos démoniaques.

Soudain, une lueur faible brilla au loin, leur offrant un mince espoir. Elles redoublèrent d'efforts, puis débouchèrent enfin dans une grande salle illuminée où les rails du métro convergeaient. Le bruit des pas bondissants derrière elles se fit plus proche. Le souffle de la bête devint plus présent, leur laissant comprendre qu'elle se trouvait juste derrière elles.

Sans réfléchir, les deux amies sautèrent par-dessus les rails et atterrirent de l'autre côté juste avant que la bête n'entre dans la salle. Elles coururent encore, criant à l'aide, espérant trouver un moyen de fuir cette créature terrifiante qu'elles n'avaient pourtant pas encore vue en pleine lumière.

Finalement, elles atteignirent une porte de sortie verrouillée. Mais leurs espoirs furent rapidement anéantis lorsqu'elles réalisèrent qu'elles étaient piégées. La bête était de plus en plus proche. Son souffle s'approchait comme un grondement sourd. Sandra et Carla se tenaient la main, tétanisées par la peur. Le souffle de la bête était horrible, un grondement grave qui annonçait une taille immense.

Soudain, un grondement assourdissant résonna dans toute la station de métro, faisant trembler les murs et ébranlant même le sol. La bête se révéla enfin à elles, sans doute involontairement. Elle se tenait à quatre pattes, à peine quelques mètres devant elles, semblant aussi surprise que les deux amies.

Une silhouette massive apparut alors dans l'ombre, se tenant devant la bête. C'était Lucian, son manteau flottant dans les airs autour de lui, comme au ralenti. Ses yeux luisaient d'une étrange lumière pâle lui donnant une allure de fantôme possédé. À la surprise de Carla et Sandra, Lucian se dressa devant la bête, sans aucune peur, prêt à la combattre.

"Merde !", commenta Sandra complètement absorbée par ce qu'elle voyait.

"Viens, viens ici !", chuchota Carla en l'invitant à se cacher dans l'ombre pour ne pas être repérées. Ce qui se préparait ne lui disait rien qui vaille.

Dans un combat d'une brutalité inimaginable, Lucian et la bête se lancèrent l'un sur l'autre, échangeant des coups puissants et rapides. Les gémissements et cris de douleur remplirent l'air alors que les deux adversaires s'affrontaient avec une énergie déchaînée.

Comment était-il arrivé jusqu'à elles ? Il les avait suivies ? Quelle était cette bête féroce et velue qui rôdait dans les couloirs du métro ? Carla et Sandra ne cherchèrent pas à analyser la situation et en profitèrent pour s'échapper par la porte de sortie dont la grille était maintenant à moitié levée. Elles coururent à travers les ruelles sombres de la ville, épuisées mais reconnaissantes d'avoir échappé à cette bête et à cette nuit cauchemardesque.

Les médias ne cessaient de relayer l'attaque non revendiquée survenue au restaurant Le Renaissance, évoquant les différentes hypothèses avancées par les autorités. Pourtant, personne ne mentionnait le mystérieux homme qui s'était présenté pour affronter la créature dans la station de métro voisine, désormais condamnée pour des raisons de sécurité. Les caméras de surveillance avaient pourtant capturé ce combat épique entre deux géants à la fureur épique. Curieusement, cette seconde affaire semblait avoir été immédiatement étouffée par le sceau du secret défense. Le déploiement massif de militaires et d'armements sur les lieux suggérait que les enquêteurs étaient déjà à la recherche des deux protagonistes. Carla et Sandra étaient les seuls témoins directs vivants des ces deux événements terrifiants.

LE DESTIN DE LUCIAN

La voiture avec chauffeur

Carla sursauta en arrière avec un cri strident dans la salle de bains, petite et sombre, avec des murs carrelés de blanc et un miroir au-dessus du lavabo.

Elle venait de voir l'image inquiétante de Lucian dans le miroir. Ses yeux noirs étaient emplis de haine, et son sourire était cruel. Le cœur de Carla pompait comme une machine à vapeur lancée à pleine puissance tandis qu'elle se retournait rapidement, s'attendant à ce qu'il soit là, derrière elle.

Évidemment, il n'y avait personne. Elle était seule dans la pièce.

Un frisson glacé parcourut son échine, et elle se dépêcha de vérifier les verrous des portes et des fenêtres, assurant ainsi sa sécurité. Qu'était-ce que cela signifiait ? Était-ce une illusion, ou avait-elle réellement vu Lucian dans le miroir ?

Les pensées se bousculaient dans sa tête alors qu'elle continuait à se préparer. Les images de Lucian se superposaient à la réalité, et la tension montait en elle. Quelque chose n'allait pas, elle en était sûre.

Elle passa son maquillage avec une main tremblante, se demandant si elle était en train de perdre la raison. C'était sans doute le surplus de stress qui commençait à prendre le contrôle de son esprit. Malgré ses efforts pour penser à autre chose, elle ne pouvait ignorer le sentiment d'oppression qui l'envahissait de manière lancinante.

Une fois prête, Carla prit une grande inspiration, les yeux fermés, en expirant lentement pour évacuer la tension. Elle avait finalement décidé de se rendre à la soirée de Lucian, malgré les avertissements de Sandra qui la traitait de folle. Elle savait qu'elle faisait peut-être une folie. Mais elle sentait pourtant que c'était comme son devoir de se rendre sur place. Peut-être qu'une fois là-bas, elle comprendrait ce qui se passait réellement. De toute évidence, et malgré ses craintes, elle était déterminée à découvrir la vérité. Il faut la comprendre : son caractère parfois têtu et rebelle avait fini de la convaincre d'y aller de toutes façons.

Mais à peine avait-elle franchi le pas de sa porte d'entrée qu'un étrange frisson lui parcourut le corps, comme si quelqu'un l'observait encore, caché dans la pénombre. Elle regarda autour d'elle, mais il n'y avait personne à proximité. La cour intérieure de l'immeuble était calme. Seules les lumières à travers les fenêtres des appartements éclairaient faiblement le chemin devant elle.

Se sentant de plus en plus mal à l'aise, Carla accéléra le pas. Chaque ombre, chaque bruit lui faisait penser à Lucian et à son aura inquiétante. Une fois de plus, elle ressentait cette présence invisible, comme si elle était suivie.

Elle arriva presque essoufflée dans le hall de l'immeuble et vérifia si la voiture était déjà arrivée. Pour patienter, elle composa le numéro de Sandra pour prendre de ses nouvelles.

"Sandra ! Tu as répondu, Dieu merci ! Je voulais te voir", s'exclama Carla en voyant le visage encore sonné de Sandra dans son téléphone. Sa voix résonnait dans ce grand hall au plafond très haut des vieux immeubles de la capitale.

"Ça va, ils prennent bien soin de moi ici", rassura Sandra en montrant un peu le box des urgences où elle avait été accueillie.

"Tu es où ? Dans quel Hôpital ?"

"Ils m'ont mise au Fleming. C'est moche et délabré."

"Franchement, tu devrais te concentrer sur ta santé en ce moment plutôt que sur la décoration. Mais bon, ça veut dire que tu vas mieux", taquina Carla sur un ton chaleureux.

"Oui. Je crois. Je ne sais plus très bien où j'en suis je dois dire. Je ne suis pas forte comme toi."

"Arrête avec ça Sandra. Tu m'agaces à te dévaloriser."

"Et toi. Ça va ?"

"Quelques égratignures. Je m'en sors miraculeusement bien", dit Carla en montrant une petite coupure au-dessus de son sourcil droit.

"Tu es dans la rue on dirait... tu vas quelque part ?"

"Exact. Je sors encore."

"Tu devrais te reposer aussi. Je te rappelle qu'on vient de survivre à une guerre, ma jolie !"

"Je sais. J'ai vu Lucian dans le miroir en me maquillant", chuchota Carla. "Je sais que ça paraît fou, mais je suis sûre de l'avoir vu."

"Franchement, t'es en pleines hallucinations et tu vas te rendre chez ce type ?"

"Oui, je vais à la fameuse soirée... J'ai reçu un message de lui. Il m'envoie une voiture."

"Putain, Carla ! Mais tu es complètement tarée !", s'écria Sandra en comprenant que son amie était peut-être en train de tomber dans les griffes de ce type peu fréquentable et sans doute dangereux.

"Je sais. Je sens qu'il faut que j'y aille."

"Merde Carla. Comment il a eu ton numéro ?"

"Je n'en sais rien. Ça ne compte pas."

"Tu lui a parlé ?"

"Oui."

"Merde Carla !"

"Sa voix était différente, beaucoup plus douce, comme une petite musique grave et lente, tu sais. C'était comme dans un doux rêve où quelqu'un parle juste près de toi", expliqua Carla le regard perdu droit devant elle.

"T'es une grande maso ma pauvre. Après tout ce qu'on a vu ? Tu y vas toute seule ? Dans une voiture que monsieur t'envoie spécialement ? Ça ne pue peut-être pas assez pour toi ?", rouspéta Sandra alors qu'une infirmière s'approchait d'elle pour vérifier pourquoi elle criait de la sorte. "Excusez-moi, désolée, je parlais avec ma sœur au téléphone", s'excusa-t-elle, confuse d'avoir créé cet incident.

"Tu es ma soeur maintenant ?", s'amusa Carla en voyant arriver une longue limousine noire devant le hall de l'immeuble.

"C'est sorti comme ça, que veux-tu. Je t'aime. Et je ne veux pas que tu risques encore inutilement ta vie, juste pour te taper un mec, aussi excitant soit-il."

"Je sais, je sais..."

"Le monde est rempli de mecs, au cas où tu ne l'aurais pas remarqué !", continua Sandra, un peu à court d'arguments pour dissuader son amie de monter dans cette voiture.

"T'es un amour. Je vais te laisser. La voiture est arrivée", répondit Carla avec un sourire et en mimant un baiser envoyé de la main.

"Non, attends ! Envoie-moi l'adresse, je n'ai plus sa carte. Je viens te rejoindre. Je ne peux pas te laisser toute seule dans ce bourbier."

"Humm... tu veux dire que tu veux aussi une part du gâteau, c'est ça ?", se moqua Carla en souriant à pleines dents.

"Je t'aime. Envoie-moi l'adresse !", supplia Sandra avant que Carla ne coupe la communication.

Une superbe blonde d'une vingtaine d'années descendit de la limousine qu'elle avait garée juste devant Carla. Elle fit le tour en se déhanchant comme si elle défilait pour une marque de haute couture et lui ouvrit la portière arrière d'un geste précis et gracieux.

"Enchantée, je suis Florinda."

Carla ne put détourner son regard, captivée par la fascinante apparence de cette jeune femme. Chaque détail en elle semblait soigneusement étudié pour susciter le désir. Sa tenue, une combinaison blanche très juste au corps qui mettait en valeur sa poitrine généreuse avec un décolleté en V taillé sur mesure. Ses poses maniérées, comme si elle était en pleine séance de shooting en studio. Ses cheveux rassemblés en queue de cheval à frange, lui conférant un air à la fois rétro et animal. Et son sourire impeccable chargé de facettes qui disaient "Ne te fatigue pas, chérie, tu ne fais pas le poids !". Entre autres talents, Carla avait le nez pour reconnaître les salopes à bonne distance. Alors quand elle en avait une à portée de baffe, toutes les sirènes de son corps se mettaient à hurler.

En observant ses mains, Carla remarqua les longs ongles blancs finement taillés en forme d'amande. Leurs extrémités effilées semblaient promettre un toucher délicat, une caresse envoûtante. Mais ce n'était pas tout, une légère ombre de tatouages discrets et mystérieux ornait ses doigts. Des motifs similaires à ceux du henné, mais avec une nuance de sensualité inattendue. Ces détails énigmatiques dévoilaient un monde passionné et secret, où chaque geste et mouvement étaient imprégnés de désir.

Florinda était la parfaite écolière sage, mais avec une lueur de malice dans les yeux, et dans le corps. Quoi qu'on en pense, cette femme incarnaient la séduction dans sa forme la plus envoûtante. Chacun de ses traits, chacun de ses choix stylistiques, contribuait à sa beauté énigmatique et enivrante. Carla ne pouvait qu'être fascinée par cette danse sensuelle de l'apparence, subtil équilibre entre sophistication et audace, qui éveillait des désirs insoupçonnés et enflammait l'imagination.

"Vous montez ?", demanda Florinda avec un sourire.

Carla revint à la réalité après cette embardée onirique, un peu sonnée comme après un coup de massue sur le crâne. Était-elle rongée par la jalousie ou seulement séduite ?

"Oui. Merci", répondit-elle en retournant le sourire et en plongeant dans cette voiture immense qui faisait penser à un cercueil roulant.

La limousine démarra en douceur, emportant Carla dans une atmosphère feutrée et mystérieuse.

À l'intérieur, l'espace était sombre, éclairé uniquement par une lumière tamisée d'ambiance qui donnait à l'habitacle une aura de secret et de séduction.

La lumière tamisée des lampes à néon qui ornaient l'habitacle de la voiture créait une atmosphère mystérieuse et envoûtante. Les ombres projetées sur les sièges de cuir noir donnaient l'impression que la voiture était habitée par un esprit invisible.

Le cuir souple des sièges enveloppait Carla, faisant naître en elle la sensation d'être entrée dans un cocon protecteur.

La douceur du cuir lui procurait un sentiment de sécurité et de bien-être. Elle se sentait comme dans un cocon, à l'abri du monde extérieur.

"Alors Florinda, qui est vraiment Lucian ?", demanda Carla, curieuse de percer le mystère entourant cet homme énigmatique.

"Lucian... c'est un homme fascinant, à la fois séduisant et dangereux", répondit Florinda avec un sourire énigmatique. Il a toujours été attiré par les ténèbres, par les secrets de l'existence. Il est en quête des vérités profondes de l'univers, celles qui se cachent derrière les apparences. Mais c'est un homme difficile à cerner, même pour moi", confia-t-elle longuement, sans quitter la route des yeux.

"Mais vous le connaissez bien, n'est-ce pas ?", insista Carla, essayant de percer à travers le voile de mystère.

"Oh, je suis sa confidente, son alliée", répondit Florinda d'une voix douce et mielleuse, comme si elle parlait d'un trophée remporté lors d'une compétition. "Mais il y a une part de lui qui reste insaisissable, indomptable. Il n'est pas de ce monde, vous savez.", termina-t-elle en cherchant le regard de Carla dans le rétroviseur.

"Pas de ce monde ?", s'étonna Carla, cherchant à comprendre le sens de ses paroles.

"Je veux dire par là que Lucian a toujours été différent, un peu à part", dit-elle en retirant délicatement du bout de l'ongle du petit doigt de sa main une trace de rouge à lèvres qui s'était incrustée sur le coin de son menton.

Elle leva la tête et fixa Carla droit dans les yeux. "Il possède une aura étrange, presque surnaturelle. Une dualité qui attire et effraie à la fois", continua-t-elle.

Elle laissa échapper un rire léger. "Mais vous le ressentez, n'est-ce pas ?"

Carla acquiesça, un peu troublée. Elle avait déjà eu l'impression qu'il y avait quelque chose de différent chez Lucian, mais elle n'avait jamais pu mettre le doigt dessus.

Florinda continua : "Il a quelque chose de mystérieux en lui, de fascinant. On ne peut pas le cerner, on ne peut pas le comprendre. Et c'est ce qui le rend si attirant. Mais c'est aussi ce qui peut le rendre dangereux."

"Ce que vous me décrivez là, c'est un serpent !", s'exclama Carla, moqueuse.

"Exactement !", reprit Florinda. "Il est comme un serpent", murmura-t-elle, mystérieuse. "Il est beau, mais il est aussi dangereux. Il vous attire, mais il vous mordra si vous n'y prenez pas garde."

"Oui... il a quelque chose de captivant, quelque chose qui m'attire irrésistiblement", admit Carla, sentant son cœur s'accélérer.

"C'est normal. Lucian est capable d'éveiller les sens de chacun, de faire naître des désirs enfouis et de réveiller des passions endormies. Il est un maître dans l'art de la séduction", murmura Florinda, ses mots caressant les oreilles de Carla comme une douce mélodie.

"Mais que faisait-il dans ce métro ? Pourquoi cette créature le poursuivait-elle ?", s'enquit Carla, cherchant toujours des réponses.

"Ah, ce que vous avez vu dans le métro..."

"Oui. Il s'est battu avec quelque chose de monstrueux qui..."

"Oui c'était quelque chose d'insolite en effet", l'interrompit Florinda, "Mais tout ceci fait partie de l'univers mystérieux de Lucian", continua-t-elle avec un sourire énigmatique. "Vous comprendrez bien des choses. En temps voulu". Elle souriait encore, mais cette fois avec cet air bienveillant que porte une mère sur son enfant. "Pour l'instant, profitez du voyage. Mettez votre confiance en lui et laissez-vous emporter par la magie de l'inconnu", termina-t-elle sur un ton proche du lyrique.

Carla sentit un frisson lui parcourir l'échine. Mais cette fois-ci, ce n'était pas de la peur. C'était une excitation mêlée de fascination devant l'inconnu qui l'attendait. Elle devait se l'avouer, même si elle en avait un peu honte : cette excitation était aussi sexuelle.

La limousine avançait à travers les rues de la ville, glissant silencieusement sous les lumières dorées.

Carla, perdue dans ses pensées, se laissait bercer par le mouvement régulier de la voiture, tandis que Florinda ouvrit une petite bouteille de liquide rouge qu'elle porta à sa bouche. Elle but goulûment, les yeux fermés, et quand elle retira la bouteille de ses lèvres, le contour de sa bouche était tout rouge, d'un liquide visqueux qui commençait à lui couler sur le bord du menton. Elle fixa Carla dans le rétroviseur, comme surprise en train de faire quelque chose de mal.

"C'est ma soupe de vermicelles aux tomates. J'adore ça !", se justifia Florinda en montrant la petite bouteille du bout des doigts.

"Essuyez-vous, ça coule de partout", lui conseilla Carla, amusée.

Florinda passa sa manche sur sa bouche pour nettoyer le surplus de soupe mais elle ne fit que l'étaler davantage sur sa joue.

"Elle a l'air très collante, votre soupe", fit remarquer Carla en détournant le regard vers la rue qui défilait, lancinante, hypnotisante.

Florinda ne répondit pas et se concentra sur la conduite.

Elles arrivèrent bientôt dans un quartier presque inhabité, composé de quelques maisons très éloignées les unes des autres et aux styles anciens. Leurs silhouettes fantomatiques se distinguaient à peine dans l'obscurité de cet endroit seulement éclairé de quelques lampadaires d'un autre âge. Carla ne connaissait pas du tout ce quartier. Enfin, elle n'avait pas l'habitude de s'y rendre. C'était supposé être le nid à célébrités de la ville. Mais franchement, ça ne donnait pas envie d'y vivre, au premier abord.

Florinda arrêta la voiture juste devant l'immense portail de la maison, le souffle coupé. Les murs en pierre sombre étaient ornés de bas-reliefs détaillés représentant des scènes fantastiques et des créatures mythiques. Des gargouilles, positionnées stratégiquement tout autour du bâtiment, semblaient les observer avec leurs yeux perçants. Les fenêtres, flanquées de lourds volets en bois sculpté, donnaient à la maison une apparence à la fois mystérieuse et inhospitalière. La grille en fer forgé qui protégeait l'entrée était ornée de motifs complexes qui semblaient se tordre et s'enchevêtrer les uns avec les autres. C'était une demeure qui respirait l'histoire et le secret. Un lieu où on ne vient pas par hasard.

"Qu'est-ce qu'il se passe, Florinda ? Pourquoi attendons-nous ici ?" demanda Carla, curieuse.

Florinda regarda Carla d'un œil énigmatique avant de répondre calmement à celle qui ne connaissait rien des règles de cette maison : "On attend le signal."

Carla, les sens en alerte, inspecta du regard les environs à la recherche de ce qui pourrait ressembler à ce signal. Etait-ce un son ? Une lumière ?

Carla sentait son cœur battre la chamade dans sa poitrine. Les battements résonnaient si fort dans ses oreilles qu'elle avait l'impression qu'ils allaient lui exploser la tête. Elle fixait intensément Florinda, essayant de percer son regard énigmatique. Son esprit s'embrouillait, cherchant désespérément des réponses aux questions qui la tourmentaient.

Le silence oppressant qui régnait alors dans la voiture commençait à l'angoisser. Ce n'était plus de joli cocon protecteur qu'elle avait apprécié au début du voyage. Elle pouvait sentir l'air devenir de plus en plus dense, comme une menace invisible qui la guettait et l'enveloppait. Le moindre mouvement devenait suspect, le moindre bruit augmentait son inquiétude. Chaque seconde qui passait amplifiait l'angoisse qui la submergeait progressivement.

Elle chercha à nouveau des signes du signal, scrutant les ombres dans la nuit, à la recherche d'un indice. Mais rien de notable ne se révélait dans ce décor sombre et sinistre. La rue était déserte, figée dans un silence inhospitalier.

Soudain, un bruit lointain vint troubler cette atmosphère oppressante. Un frisson glacial parcourut l'échine de Carla. Était-ce le signal ? L'annonce d'un danger imminent ? Elle sentit l'adrénaline affluer dans ses veines, son instinct de survie prenant le dessus au galop sur sa raison vacillante.

Les secondes semblaient s'étirer à l'infini alors que les battements de son cœur s'accéléraient encore davantage. Elle lança un regard inquiet à Florinda dans le rétroviseur, cherchant à comprendre si elle aussi ressentait cette tension palpable. Mais sa conductrice restait d'un calme absolu, le visage impassible, le regard rivé sur la route devant elle, comme statufiée.

Soudain, une lumière aveuglante illumina la rue, un rayon dansant qui se reflétait sur les vitres de la voiture. Elle sursauta, son corps se raidissant instinctivement.

C'était le signal. Impossible de le rater !

Le moment décisif était arrivé. C'était peut-être quelque chose de banal après tout, mais Carla était sur le qui-vive. Elle vivait cet instant avec une peur presque plus intense que celle ressentie lors des événements pourtant traumatisants au restaurant Le Renaissance et dans le métro. Ou peut-être était-ce une accumulation de stress que son corps ne pouvait plus supporter ? Elle était devenue hyper sensible, avec ses sens portés à saturation.

Son souffle s'accéléra tandis qu'elle scrutait l'horizon puis l'entrée de cette maison, prête à braver tous les dangers. Ce qui l'attendait au-delà de cette grille allait changer sa vie à jamais.

"C'est bon, on peut y aller", dit Florinda machinalement en avançant la voiture avec beaucoup de précaution dans l'allée aussi majestueuse que tortueuse qui menait à la maison.

PAUL TOSKIAM

L'expédition

"Je vais t'enlever tes bandages. On dirait une momie."

Sandra était encore endolorie dans la salle de bains, chez son frère Paul. Il était venu la chercher à l'hôpital et l'aidait à retirer délicatement les pansements. Sandra grimaçait de douleur à chaque mouvement, mais elle était reconnaissante d'avoir quelqu'un à ses côtés pour l'aider.

Tout comme Carla, elle avait de la chance de s'en être sortie avec seulement des blessures superficielles. Mais cela ne signifiait pas qu'elle ne souffrait pas. Ses blessures intérieures mettraient plus de temps à se manifester. Le médecin à l'hôpital lui avait bien expliqué les différentes phases auxquelles elle pouvait s'attendre. Il lui avait prescrit une boîte de médicaments pour l'aider à passer le cap.

"Serre les dents. Je tire !", avertit Paul en décollant d'un seul coup sec une large bande de gaze qui recouvrait une partie du dos de Sandra. Il se boucha aussitôt les oreilles pour atténuer le cri strident de sa sœur.

"Oh putain… on dirait le sol lunaire !", s'exclama Paul en découvrant les multiples impacts sur toute la surface du dos de Carla.

Une fois tous les pansements retirés, Paul nettoya la peau de Sandra avec précaution. Il appliqua ensuite de nouvelles compresses et les fixa avec du sparadrap.

Sandra se regarda dans le miroir. Son corps était parsemé de bleus et d'égratignures, mais au moins elle n'avait pas de fractures ou de blessures graves.

"C'est moche", dit-t-elle, comme postée devant un tableau abstrait dans un musée.

Elle savait qu'elle aurait besoin de temps pour guérir, mais elle était soulagée que les choses ne soient pas pires.

"Tu m'aimeras encore ? Même si je suis estropiée ?", lança-t-elle en regardant son frère dans le miroir.

Paul l'enveloppa dans une serviette douce et l'aida à s'asseoir sur le bord de la baignoire. Il lui fit un léger sourire et lui dit doucement :

"Ça va aller mieux, Sandra. Tu es forte, tu vas guérir rapidement."

Sandra lui rendit un petit sourire en coin. Elle savait que quand son frère lui parlait comme ça - comme à une débile - c'est que la situation était plus sérieuse qu'attendu. Mais cela ne diminuait pas la reconnaissance qu'elle avait pour lui, d'être venu immédiatement à ses côtés. Elle espérait que ses blessures ne seraient plus qu'un mauvais souvenir, afin qu'elle puisse reprendre le cours normal de sa vie.

"Bon, j'y vais", dit-elle sur un ton décidé en se levant triomphalement.

"Non !"

Elle planta son regard dans celui de Paul, lui faisant comprendre qu'il ne devait pas essayer de la retenir.

"Paul, c'est Carla, la seule véritable amie que j'ai dans cette vie de merde. Tu laisserais un taré s'en occuper ?", dit-elle en s'approchant du nez de son frère jusqu'à presque le toucher. Il commença à loucher, craignant de se prendre une claque. Sandra pouvait parfois se montrer très impulsive quand ses arguments ne faisaient pas mouche du premier coup.

"Je ne sais pas", dit-il en se reculant légèrement, par précaution. "Tu as vu sa maison sur la carte ? On dirait la demeure du Comte Dracula mélangée avec celle d'un zombie de l'espace !", plaisanta Paul, agaçant davantage sa sœur.

"Est-ce que tu viendrais me chercher si j'étais à la place de Carla ?"

Paul prit un temps de réflexion, pesant le pour et le contre :

"Non. Si t'es trop conne pour ne pas écouter le bon sens, tu y restes !", répondit-il d'un ton définitif et moqueur.

"Ah, c'est ça l'esprit de famille pour toi alors ?", s'offusqua Sandra en levant les bras au ciel.

"Allez, épargne-moi tes questions idiotes, tu veux bien ?", la supplia Paul, goguenard. "Oui, évidemment que je viendrais te sortir du trou, quelle question ! Tu es ma petite sœur, je ne pourrais pas vivre sans toi."

"Ah, enfin ! Alors c'est pareil pour Carla. Et ce que tu ne sais pas encore, c'est que tu vas venir avec moi, et avec le sourire s'il te plaît."

"Comme ça, ça suffit ?", se moqua-t-il en montrant les dents comme chez le dentiste.

"Allez, on va la sauver des griffes de ce dingue."

"Ah, tu n'en sais rien. Ce ne sont que des suppositions."

"Non, vraiment, je te jure. Il est vraiment louche. Et sérieusement, tu ne l'as pas vu se battre contre cette chose dans les couloirs du métro. Ce n'était pas du MMA à papa. C'était une bataille digne de l'apocalypse. Tu les aurais vus : des chevaliers de l'apocalypse qui s'envoient des coups comme des canons qui tirent à bout portant."

"Et alors ?", demanda Paul sur un ton taquin.

"Oh, va te faire foutre, petit con !"

Paul ricana bêtement, ne croyant pas un mot de cette histoire délirante que sa sœur lui racontait avec beaucoup de passion. Elle avait cette fâcheuse habitude d'exagérer les choses, d'une manière générale. Sans doute pour pimenter un peu le récit de sa vie, par ailleurs assez plate et morne. Et il était habitué à cela. En fait, elle passait la majeure partie de son temps à lui faire croire qu'elle ne mentait jamais. C'était leur petit jeu entre eux.

"On va prendre tes armes", déclara Sandra en se regardant en face du miroir et en mimant le chargement d'un revolver, puis la visée avec un œil plissé avant le tir.

"Mes armes ? Mais t'as envie de finir en prison mais pauvre fille. Mes armes sont là pour chasser le gros gibier, pas pour exploser la tête du dernier taré qui veut baiser ta copine", expliqua Paul, très calmement, d'une voix douce et la plus persuasive possible.

Mais au fond de lui-même, il était estomaqué. Cet individu - peu importe qui il était - avait non seulement vampirisé Carla, mais aussi indirectement sa petite sœur. Peut-être que Sandra racontait des histoires, mais ses gestes et l'expression de son visage ne laissaient aucun doute. Quand on voit la mort en face, on ne fait plus la même tête. C'est certain. De plus, il l'avait rarement vue aussi déterminée physiquement. Tout le corps de Sandra tremblait. Pas de peur, non : d'envie de combat. Il la contemplait, à la fois inquiet et fasciné par cette guerrière improvisée, prête à se battre contre ses ennemis. C'était comme si les événements récents qu'elle venait de vivre l'avaient complètement transformée, la rendant plus agressive et moins effrayée qu'auparavant.

Elle ne releva pas la tirade très inspirée de son frère et se contenta de lui demander : "Tu viens ?". Elle tournait ses bras tendus comme si elle tenait toujours le revolver invisible dans ses mains, et le pointait sur lui.

"Ne joue pas avec ça, fillette", répondit Paul avec espièglerie en détournant le canon hypothétique pointé vers lui.

"Tu sais, quand tu le verras, tu feras moins le malin", prévint Sandra d'un air prophétique, comme si elle se réjouissait de la peur que son frère allait découvrir.

LE DESTIN DE LUCIAN

La maison de Lucian

Florinda déposa Carla sur le devant de la porte.

"Vous n'avez qu'à actionner le marteau de la porte. Quelqu'un viendra ouvrir", indiqua-t-elle en montrant l'énorme entrée. Impossible de la rater.

Comme Carla s'approchait de la porte, elle remarquait immédiatement la grandeur et la majestuosité de sa structure. Haute et imposante, elle se dressait fièrement devant elle, captant son attention de manière irrésistible. Les sculptures en bas-relief qui ornaient le bois massif étaient d'une finesse saisissante, témoignant d'un travail d'artisanat exceptionnel. Elle avait visiblement été taillée à une époque où le temps et l'argent n'étaient pas la même source de stress qu'aujourd'hui.

Chaque parcelle de la porte était couverte de détails mystérieux et envoûtants. Ces scènes sculptées semblaient raconter une histoire ancienne et intrigante, comme si elles renfermaient les secrets d'un passé mystique qu'il fallait déchiffrer. Des créatures fantastiques se mêlaient aux personnages humains, leurs formes délicatement épousées par le bois patiné par le temps.

Les détails étaient si minutieux et bien réalisés que Carla avait l'impression de pouvoir sentir la fureur de chaque mouvement et entendre le bruit de chaque pas dans les scènes représentées. Elle ressentait une étrange fascination, comme si les personnages sculptés avaient une vie propre, et lui lançaient un avertissement.

Le bois, usé par les années, révélait des tons riches et sombres, offrant à la porte une patine intemporelle. Les veines du bois visibles en surface, donnaient l'impression que la porte avait grandi avec l'histoire elle-même. Des traces de peinture dorée s'estompaient ici et là, rappelant une gloire passée et peut-être des royaumes perdus.

"C'est dingue, tu as vu tous ces détails sur la porte ?" demanda Carla fascinée, en se retournant pour prendre Florinda à témoin.

Hélas, la limousine avait disparu, et Florinda avec.

"Non ! Ne me fais pas ça !", s'écria Carla, mais sa voix se perdit dans le silence de l'endroit.

Elle se retrouva seule devant cette porte certes majestueuse, mais très inquiétante, et surtout sans aucune explication sur la disparition soudaine de Florinda et de la voiture.

Carla se sentait désemparée. Devait-elle frapper à la porte comme Florinda le lui avait proposé ? Ou devait-elle partir à la recherche de Florinda et de la limousine ? Elle se sentait perdue, essayant de rationaliser la situation mais se trouvant face à un mystère inexpliqué.

Elle retourna son regard vers la porte, cherchant un signe ou une réponse. Les sculptures en bas-relief lui semblaient encore plus énigmatiques qu'a l'instant d'avant, comme s'ils avaient changé de position. Les personnages figés semblaient désormais la regarder avec des expressions bienveillantes. La sensation étrange de fascination qu'elle avait ressentie auparavant devenait plus intense.

Finalement, elle décida de suivre les instructions de Florinda et d'actionner le marteau de la porte. C'était une tête de gargouille qui tenait un large anneau entre ses dents acérées. Elle n'avait pas d'autre choix et espérait que quelqu'un viendrait rapidement ouvrir. Elle leva la main et effleura le marteau, sentant la froideur du métal sous ses doigts.

Soudain, un bruit résonna à l'intérieur de la maison. Carla recula instinctivement, un mélange d'excitation et d'appréhension la parcourant. Le temps semblait s'être arrêté alors qu'elle attendait que quelqu'un apparaisse.

La porte s'ouvrit lentement, avec des craquements de bois et des grincements de métal, laissant apparaître une femme âgée vêtue d'une longue robe blanche, comme ses longs cheveux. Ses yeux brillaient d'une lueur énigmatique et son sourire était à la fois accueillant et énigmatique.

"Vous êtes attendue, ma chère", dit-elle d'une voix douce mais puissante.

Carla scruta intensément la vieille femme, se demandant si elle devait se sentir rassurée ou se tenir sur ses gardes.

"Je m'appelle Nia. Suivez-moi. Je sais que vous avez vécu des moments éprouvants ce soir", déclara-t-elle en lui faisant signe de la main d'entrer dans la maison.

Carla demeura sur place, incapable de prendre une décision. La pulsion qui l'avait poussée jusque-là était en conflit avec sa logique qui l'interrogeait : "Mais que diable fais-tu ici ? Cherches-tu les vrais ennuis ?"

"Eh bien, Carla ? Vous êtes dans les nuages ?" interrogea Nia, arborant un sourire complice, comme si elle s'attendait à cette hésitation.

"La voiture de Florinda a disparu, tout simplement... en une seconde", expliqua Carla, en montrant le devant de la maison, bien décidée à obtenir une explication.

"Ah, c'est cela qui vous préoccupe ? Ne vous inquiétez pas. Florinda adore taquiner nos invités."

"Mais où est passée la voiture ? Je ne l'ai même pas vue partir !" insista Carla.

Nia lui adressa un sourire chaleureux, en la fixant droit dans les yeux, et cette question n'eut soudain plus aucune sorte importance.

"Venez, vous allez vous changer", proposa Nia en prenant Carla par la main.

Contrairement aux mains de la plupart des personnes d'un certain âge, celles de Nia étaient restées jeunes et souples comme au premier jour.

Nia et Carla traversèrent une pièce plongée dans la pénombre, éclairée seulement par la lueur dansante d'un grand feu de bois. La chaleur qui émanait des flammes réchauffait doucement leurs visages alors qu'elles marchaient devant cette cheminée aux dimensions extraordinaires, grande comme l'arche de l'entrée d'une ville antique.

Les bas-reliefs qui décoraient la cheminée représentaient d'autres scènes mystiques et des créatures fantastiques. Les gargouilles semblaient toutes presque vivantes, avec leurs yeux perçants qui suivaient les mouvements des visiteurs. Carla ne put s'empêcher de frissonner en passant devant elles. Pourtant Nia semblait complètement à l'aise, comme si ces êtres étranges faisaient partie intégrante de la famille.

En quittant la pièce, Carla remarqua que les murs étaient tapissés de livres anciens. Certains pendaient, ouverts, avec leurs pages jaunies et leurs reliures usées, témoignant de leur longue histoire. Ces étagères étaient remplies de volumes de toutes tailles et de toutes formes, donnant à l'endroit un air de bibliothèque oubliée du temps.

Puis elles continuèrent leur chemin à travers un long couloir obscur, éclairé seulement par de petites bougies disposées sur des vieux chandeliers chancelants. L'atmosphère était à la fois mystique et apaisante, comme si le temps s'était arrêté dans cet endroit reculé.

Enfin, elles arrivèrent devant une porte massive en bois sombre ornée de symboles énigmatiques. Il n'y avait aucun doute possible : l'architecte d'intérieur de cette maison devait adorer le mystère et les vieilles reliques. Il était aussi probablement pété de thunes car cette poignée semblait incrustée de pierres précieuses, de gros calibre, et leur éclat miroitait à la lueur des bougies. Nia posa la paume de sa main sur la porte, murmura quelques mots dans une langue inconnue, et celle-ci s'ouvrit lentement, laissant entrevoir un intérieur somptueusement décoré.

La pièce était un mélange de styles, avec des meubles antiques, des tapis persans et des tableaux somptueux accrochés aux murs. Des sculptures étranges de grandeur nature étaient disposées un peu partout, créant une ambiance à la fois exotique et envoûtante. La pièce donnait l'impression d'être bondée comme aux heures de pointe, alors qu'elles étaient seules.

Au centre se trouvait un grand miroir encadré d'or, dont la surface reflétait des éclats de lumière qui semblaient provenir de nulle part. Carla sentait une énergie émaner de cet objet, une puissance mystique qui la fascinait et l'effrayait à la fois.

"Entrez, ma chère, et regardez-vous", dit Nia d'une voix douce en lui montrant un joli miroir vertical posé à même le sol sur son socle.

Carla hésita un instant, puis accepta cette invitation. Elle se dirigea vers le miroir et y chercha son reflet. Ses yeux rencontrèrent aussitôt ceux de Nia dans la glace, et elle fut submergée par une onde de chaleur et de paix, mais aussi d'effroi.

Nia était beaucoup plus jeune dans ce miroir que dans la réalité. C'était une belle femme voluptueuse et ses gestes étaient souples et harmonieux. Elle respirait une vitalité qu'elle avait perdu en réalité.

Carla faisait du ping-pong avec ses yeux entre la vraie Nia à côté d'elle et son reflet. Elle semblait avoir au moins quarante ans de moins dans le miroir.

Nia, lisant la surprise sur le visage de son invitée avec satisfaction, changea de sujet aussitôt pour éviter les questions inopportunes.

"Ma chère, laissez-moi vous raconter l'histoire de cette maison", commença Nia d'une voix grave et toujours envoûtante. "Il y a de nombreuses années, cette demeure appartenait à un riche seigneur qui aimait jouer des tours à ses invités. C'était un homme rusé et farceur, toujours à la recherche de sa prochaine blague."

Carla écoutait attentivement, intriguée par cette histoire étrange.

"Nia, je sens que cette histoire ne sera pas ordinaire", dit-elle d'un ton taquin.

Nia sourit, appréciant l'esprit vif de Carla. "En effet, ma chère, vous avez raison. Ce seigneur était connu pour ses farces audacieuses et cocasses. Il aimait dérouter ses invités en modifiant constamment l'apparence de la maison. Les pièces bougeaient, les couloirs changeaient de direction, et personne ne pouvait prévoir où il se trouvait réellement."

Carla rit, imaginant les invités désorientés se perdant dans les multiples recoins de cette demeure mystérieuse. "Cela doit être amusant, mais aussi un peu effrayant."

Nia acquiesça, sa longue robe blanche flottant derrière elle. "En effet, certaines personnes se sont perdues ici pendant des jours, incapables de trouver la sortie. Mais ne vous inquiétez pas, ma chère. Je suis ici pour vous guider en toute sécurité."

Carla se sentit étrangement rassurée par les paroles de Nia. Elles continuèrent à traverser la pièce jusqu'à une ombre en diagonale qui se perdait du sol au plafond. A mesure qu'elles s'en approchaient, cette forme se révéla être un escalier mécanique. Il semblait très ancien et en mauvais état. Pourtant dès qu'elles se présentèrent au début des marches, l'escalier se mit à tourner avec un vrombissement sourd et une série de vibrations de toutes sortes qui couraient dans le sol jusqu'à chatouiller leurs pieds.

Elles montèrent ensemble pendant que Nia expliquait que cet escalier était l'une des nombreuses surprises que le seigneur farceur avait installées dans la maison pour amuser ses amis de qualité. Déclenché par ce dernier mot, Carla eut un flash, visualisant le visage fin de Lucian au restaurant, leur tendant sa carte de visite.

Elles atteignirent finalement le premier étage, où se trouvait une grande galerie remplie de tableaux anciens, plus grands cette fois. Les regards des personnages peints semblaient aussi les suivre alors qu'elles avançaient lentement. L'animation de toutes ces figures était-elle une illusion ou la réalité ?

Carla, fascinée par les tableaux, demanda à Nia si l'un d'entre eux avait quelque chose de spécial. Elle demanda ce complément de détails comme si quelqu'un lui avait soufflé. Car au fond d'elle-même, cela lui importait peu. Nia sourit, comme si elle s'attendait à cette demande. Elle l'amena devant un portrait en particulier.

"Regarde, mortelle, voici le seigneur lui-même", dit Nia d'une voix calme. "Il aimait être au centre de l'attention, et même après sa mort. Il a demandé à ce qu'un portrait de lui soit accroché dans chaque pièce de la maison. C'était sa façon de continuer à jouer des tours, en observant les réactions de ses invités depuis l'au-delà."

Carla observa attentivement le portrait, sentant les yeux du seigneur farceur la scruter. Elle put voir la malice dans son regard et la trace d'un sourire espiègle sur ses lèvres. Elle ressentait à la fois une certaine crainte et une curiosité grandissante, même si elle ne croyait pas un mot de toutes ces balivernes sans queue ni tête. Elle se disait que cette vieille femme avait juste beaucoup d'imagination.

Nia remarqua l'expression de Carla et lui souffla en douceur : "N'ayez crainte, ma chère. Malgré son apparence frivole, le seigneur farceur était bienveillant. Ses farces étaient destinées à divertir, pas à nuire."

"Me voilà rassurée", acquiesça Carla, timidement, mais continuait de se demander quelles autres surprises cette maison mystérieuse lui réservait. Elle se sentait intriguée et excitée à l'idée de découvrir les secrets cachés derrière chaque porte. Pourtant au fond d'elle-même, elle voyait bien que quelque chose ne tournait pas rond. Et surtout, jamais elle ne se serait aventurée dans un pareil endroit, sans y être poussée par une force invisible qui la portait littéralement, tout en s'évertuant à anesthésier sa volonté à chacun de ses pas.

LE DESTIN DE LUCIAN

Les forces spéciales

Le commandant Bichon se tenait debout devant les deux cent hommes et femmes des forces spéciales d'intervention qu'il avait réussi à rassembler en un temps record.

Il se tenait fièrement debout, devant cet imposant amalgame de courage et de détermination. Ces forces spéciales d'intervention s'étaient rassemblées sous ses ordres, formant une masse impressionnante d'uniformes en version camouflage. Leur présence imposante se reflétait dans la cour de la caserne, baignée de lumières tamisées émanant des fenêtres avoisinantes. Une pluie fine commençait à tomber, conférant à l'atmosphère nocturne déjà chargée une intensité supplémentaire.

Un silence oppressant imprégnait l'air, accentué par le léger écho qui résonnait dans l'enceinte. Chaque geste, chaque manipulation d'arme, résonnait avec une force singulière, se mêlant à la cadence régulière des talons qui claquaient au sol. L'attente pesait lourdement sur les épaules de ces soldats d'élite, prêts à affronter l'inconnu pour sauvegarder la paix de leur nation.

La cour devenait ainsi le théâtre d'une scène d'une beauté sombre et majestueuse. La pluie s'était intensifiée et fouettait les visages expérimentés de ces hommes et ces femmes d'action. Leurs yeux, fixés droit devant eux, brillaient d'une lueur intense, prouvant leur engagement indéfectible dans cette mission.

Les contours de la caserne se perdaient dans la nuit, créant une atmosphère lugubre et solennelle. Les veines saillantes des muscles et des mains crispées sur les armes racontaient l'histoire de ces braves, silencieux, et des innombrables épreuves qu'il avaient traversées pour mériter d'être là.

Le commandant Bichon, tel un roc inébranlable, tel un centurion moderne et intraitable, scrutait avidement chaque visage. Il était conscient de la lourde responsabilité que chacun de ces soldats portait sur ses épaules. Son regard perçant cherchait, dans cet amas de courage, les qualités uniques qui feraient de ces hommes une force redoutable. Une force prête à tout affronter pour capturer celui qui, sur le papier, ressemblait de plus en plus au plus grand criminel du siècle. L'échec de cette mission n'était pas une option.

Le commandant avança de quelques pas et tous les regards convergèrent vers lui, scrupuleusement attentifs, ne voulant pas perdre une seule miette de ses paroles.

Sa voix, puissante et chargée d'autorité, se propagea sans effort jusqu'aux murs de pierre de la caserne, enveloppant chaque soldat.

"Soldats ! Nous sommes sur le point de mener un assaut crucial, et sans doute historique, sur une vieille maison située au 420 avenue de la Liberté. Le but de cette opération est de capturer l'auteur de l'acte tragique qui a frappé le restaurant Le Renaissance il y a quelques heures.

Grâce à la collaboration des tous les services de renseignement en temps réel, j'ai à présent la preuve irréfutable que l'individu que nous recherchons réside à cette adresse. Il est de notre devoir de le trouver et de l'appréhender, afin qu'il réponde de ses actes devant la justice des hommes.

L'individu en question se fait aujourd'hui appeler Lucian Makespire. Pourtant grâce à nos ordinateurs quantiques de dernière génération, nous avons retrouvé près d'un millier d'autres identités qu'il a utilisées au cours des deux derniers siècles."

Une clameur sourde parcourut les rangs des soldats, ne pouvant cacher leur étonnement, et un début d'appréhension sur leur cible.

"Oui. Vous avez raison. C'est beaucoup pour un seul homme", continua le commandant.

Les discussions s'emballaient, aussi il leva la main au ciel : "Restons calmes. Le calme et la sérénité seront notre force."

Il commença à marcher d'un pas lent et assuré devant ses troupes, comme s'il les inspectait, et poursuivit : "Il serait impliqué dans autant de crimes aux quatre coins de la planète. Oui, je vois vos visages : il n'a jamais été serré."

Les soldats riaient et se moquaient, pendant que Bichon continuait son propos : "Oui, vous avez bien entendu : ni capturé, ni jugé. Je vous demande donc ce soir de vous préparer mentalement, et physiquement, pour cette mission qui sera sans nul doute, la mission de votre vie."

Des applaudissements et quelques sifflets de joie retentissaient bientôt dans la cour, amplifiés par l'écho naturel de l'endroit.

"Oui, c'est ça. Mais ne vous réjouissez pas trop vite. Nous avons à faire à un super prédateur qui a sû se jouer de toutes les polices et qui semble être aussi un maître militaire sans équivalent."

Le silence parfait avait soudain repris sa place.

"Oh, je ne cherche pas à vous effrayer. Pourtant il faudra avoir en tête que certains d'entre-nous ne reviendront pas vivants de cette mission."

Le silence était devenu si parfait que le pet qu'un des soldats lâcha par inadvertance résonna comme une rafale de mitrailleuses dans la cour. S'ensuivit un rire général qui dura plusieurs secondes.

"Je comprends que certains ici sont déjà nerveux à l'idée d'affronter cet ennemi public numéro un."

Les rires reprirent un moment.

"Pourtant nous devons agir avec rapidité et précision, en faisant preuve d'une exécution sans faille pour minimiser les risques. D'abord pour nous-mêmes, mais aussi et surtout pour les civils. Ce qui s'est produit ce soir dans ce restaurant n'est que la partie émergée de l'iceberg."

Le commandant Bichon se repositionna au centre du peloton.

"Voici les détails tactiques :

- L'assaut aura lieu dans une heure exactement. Il sera trois heures du matin.

- Nous serons en coordination avec le centre de contrôle qui nous fournira en temps réel des informations sur les mouvements de notre cible.

- Nous devrons probablement pénétrer dans la maison, trouver l'individu et le neutraliser par tous les moyens. Je dis bien : tous les moyens.

- Il est probable que l'auteur soit déjà informé de notre arrivée et qu'il soit évidemment très armé et très dangereux. Soyez vigilants et ne prenez aucun risque inutile."

Le commandant leva de nouveau les bras pour calmer les murmures des nombreuses conversations à voix basse.

"Jeunes gens, je compte sur chacun et chacune d'entre vous pour donner le meilleur de vous-même lors de cette opération délicate. Nous avons tous été profondément affectés par les récents événements. Il est temps de garantir la justice aux victimes et à leurs familles."

Les soldats se tenaient toujours debout, alignés en rangs impeccables, semblant presque figés dans un nouveau silence respectueux.

Le commandant bichon recula de quelques pas. Il passa de nouveau en revue les premiers rangs puis demanda d'une voix sonore et puissante :

"Soldats, êtes-vous prêts ?"

La confirmation émanant de chaque soldat résonna dans l'atmosphère tendue de la caserne. "Oui, mon commandant !" s'écrièrent les deux cent soldats d'élite d'une seule voix. Leur réponse était empreinte d'un sens de l'honneur indéfectible. Non seulement ils avaient compris la mission, mais ils l'acceptaient fièrement comme un honneur qui n'était accordé qu'à ceux qui étaient prêts à tout sacrifier pour la sécurité de leur pays.

C'était un moment de communion, juste avant la bataille, où chaque soldat se sentait lié par une camaraderie indestructible. Leur courage résolu, mêlé à une loyauté inébranlable envers leur chef, créait une force indomptable, prête à affronter n'importe quel obstacle qui se dresserait devant eux.

Et cet obstacle portait un nom : Lucian.

LE DESTIN DE LUCIAN

La routine beauté

L'endroit était un véritable paradis de la mode, rempli de robes à perte de vue, toutes plus belles les unes que les autres. Des tissus chatoyants et des couleurs éclatantes se mêlaient dans un tourbillon de styles et de formes. Carla se sentait comme une princesse devant cette panoplie étincelante, mais elle ne savait pas par où commencer.

"Choisissez celle qui attire le plus votre attention, ma chère", conseilla Nia en parcourant la pièce d'un œil expert. "Ou peut-être préférez-vous que je vous guide dans votre choix ?"

Carla laissa échapper un rire amusé. "Je pense que je vais faire appel à vos talents de conseillère, Nia. Ce serait un crime de ne pas profiter de votre expérience dans ce domaine", concéda-t-elle pour profiter pleinement de cette sorte de boutique de luxe ultime et insoupçonnée.

Nia acquiesça avec un sourire non dissimulé. "Bien sûr, ma chère. Nous trouverons la robe parfaite pour cette occasion spéciale."

Elles commencèrent leur recherche, Nia déplaçant les différentes pièces avec grâce et délicatesse pour ne rien froisser. Carla les évaluait avec un mélange d'excitation et d'appréhension. Chaque robe avait sa propre personnalité, sa propre histoire à raconter. Elle ne voulait surtout rien détériorer. L'idée même de porter une de ces magnifiques créations la ravissait mais la stressait déjà au plus haut point.

"Que pensez-vous de celle-ci ?", demanda Nia en sortant une robe rouge écarlate avec des broderies d'argent qui s'illuminaient sous la lumière. "Elle représente la passion et la confiance en soi. Elle serait parfaite pour impressionner Lucian, n'est-ce pas ?"

Carla prit la robe entre ses mains et l'examina attentivement. Elle était magnifique, et d'une finesse artisanale inédite. Mais quelque chose lui disait que ce n'était pas la bonne.

"C'est vraiment une robe merveilleuse, Nia. Cependant je crois qu'elle ne me correspond pas vraiment. J'ai besoin de quelque chose de plus doux, de plus délicat encore, pour lui montrer ma sensibilité."

Nia hocha la tête avec compréhension. Elle se trompait rarement et cette petite déconvenue la perturbait visiblement. "Je comprends tout à fait, ma chère", dit-elle en reposant le modèle à sa place, avec un petit pincement nerveux sur le coin des lèvres. "Ne vous inquiétez pas. Nous trouverons la robe parfaite qui exprimera votre véritable essence."

Elles continuèrent ainsi leur exploration dans cette profusion de choix. Carla repoussait les robes qui ne la ravissaient pas totalement, mais prenait tout de même le temps d'apprécier chaque création. C'était un régal pour les yeux. Finalement, elles arrivèrent devant une robe bleu ciel avec des volants légers et des fleurs brodées. Carla sentit son cœur s'emballer d'excitation. Aucun doute, c'était elle.

"Nia, celle-ci est parfaite !" s'exclama-t-elle en prenant la robe dans ses bras. "Elle est à la fois délicate et élégante, exactement ce que je recherchais", avoua-t-elle, les yeux mi-clos, se voyant déjà danser dans les bras de Lucian, vêtue de cette merveille.

Nia sourit avec satisfaction. "Je savais que nous finirions par trouver quelque chose d'unique pour vous. Cette robe représente la douceur et la grâce, des qualités qui sont chères à votre cœur, ma chère. N'est-ce pas ?"

Carla acquiesça, reconnaissante de l'attention et de l'affection de la vieille femme lui témoignait. "Merci. Je suis tellement reconnaissante de vous avoir à mes côtés."

Nia inclina légèrement la tête. "Ma chère, c'est un honneur de vous accompagner dans ce voyage. Maintenant, il est temps d'enfiler ce vêtement d'exception. Et préparez-vous à faire tourner les têtes."

"Oh, vous savez, je ne désire en faire tourner qu'une seule", rétorqua Carla.

Elle se faufila derrière le paravent joliment décoré de fleurs séchées prévu à cet effet. Puis elle se changea, aidée de Nia qui s'occupait de lui passer la robe en reprenant ses vêtements de ville. Elle tournait la tête pour ne pas regarder directement le corps dénudé de Carla.

"Allons, ne jouez pas à l'ingénue. Vous avez déjà vu une femme en petite tenue, n'est-ce pas ?", la taquina Carla, amusée.

Nia rougit aussitôt comme une fillette prise en flagrant délit. "Ne m'en veuillez pas. Je suis moi-même d'un naturel pudique. Aussi je prends le plus grand soin à ne pas vous indisposer."

Carla sentait toute l'énergie de l'endroit s'emparer d'elle alors qu'elle enfilait la robe, se préparant à faire face à l'inconnu, mais superbement habillée.

"Je suis prête", déclara-t-elle avec confiance, et Nia lui adressa un sourire plein de fierté.

"Vous allez briller, ma chère. Suivez-moi à présent. Il ne vous reste plus qu'à vous coiffer et à vous maquiller."

Après la boutique de haute couture, la pièce suivante ressemblait à un véritable salon de beauté, digne d'un palais. Des lustres scintillants illuminaient la pièce, tandis que des murs tapissés de miroirs ornés de dorures reflétaient la magnificence de l'endroit. Deux jeunes femmes habillées de blanc les attendaient, le sourire aux lèvres. Elles étaient prêtes à prendre soin de Carla. Cette maison était décidément bien plus grande qu'elle en avait l'air depuis l'extérieur. Elle se demandait même comment elle ferait, si d'aventure elle devait retrouver la sortie toute seule.

Nia s'avança avec grâce, tandis que Carla observait avec émerveillement cet endroit absolument féérique. "Voici Stella et Sophia. Elles feront en sorte que vous soyez la plus belle ce soir", expliqua Nia d'un geste ample pour présenter les deux jeunes femmes qui esquissaient une discrète et ravissante génuflexion.

Stella, une jeune femme au visage angélique, à la peau diaphane et aux cheveux dorés, s'approcha de Carla avec douceur. "Nous allons commencer par votre maquillage, mademoiselle. Avez-vous une préférence pour un style particulier ?"

Carla cligna des yeux, pensant à Lucian et à l'impression qu'elle voulait lui laisser. "Je veux quelque chose qui mette en valeur mes yeux et ma personnalité captivante", affirma-t-elle sans retenue. Puisqu'on lui demandait sa préférence; elle l'exprimait.

Elle jeta un coup d'œil complice à Nia, qui acquiesça avec un sourire de circonstance. Elle savait que les jeunes femmes d'aujourd'hui avaient la vilaine manie de vouloir se plâtrer entièrement le visage avec du maquillage pour ressembler aux filtres des réseaux sociaux.

Stella acquiesça, comprenant parfaitement. "Je vais utiliser des nuances dorées et cuivrées pour intensifier votre regard, mademoiselle. Vous serez étincelante."

Elle se tourna ensuite vers Sophia et demanda : "Sophia, pourriez-vous vous occuper des cheveux de mademoiselle Carla ?"

Sophia, aux cheveux noirs comme l'ébène, s'avança avec une grâce naturelle vers l'invitée du jour. "Bien sûr, Stella. Laissez-moi prendre soin de cette magnifique chevelure."

Elle proposa d'un signe discret à Carla de s'asseoir devant un miroir géant et se mit à travailler avec vitesse et dextérité.

Carla sentait les doigts de Sophia glisser dans ses cheveux, les tressant et les enroulant avec assurance. "Que pensez-vous d'une coiffure glamour et légèrement ébouriffée ?" proposa Sophia. "Cela soulignera la romance et l'élégance de votre tenue."

Carla sourit, appréciant les talents de Nia pour choisir les bonnes personnes pour l'accompagner. "Je vous fais confiance, Sophia. Faites-moi ressembler à une déesse de l'amour et de la confiance en soi", exigea-t-elle dans un éclat de rire bientôt partagé par les quatre femmes.

Sophia reprit de sa douce voix : "Certainement, mademoiselle."

Puis elle continuait à manier habilement les cheveux de Carla alors que Stella utilisait sa palette de couleurs magiques pour sublimer ses yeux.

Nia s'approcha de Carla et posa une main tendre sur son épaule. "Vous êtes sur le point de devenir l'incarnation même de la beauté, ma chère. Lucian ne pourra guère vous résister."

Carla la regarda, reconnaissante de son soutien constant. "Je ne peux pas croire à quel point tout est parfait, Nia. Merci d'être là pour moi", dit-elle en lui tenant la main.

Nia lui adressa un doux sourire. "Ma chère, c'est un honneur de vous accompagner dans chaque étape de ce voyage. Vous êtes une femme exceptionnelle, et ce soir, vous serez encore plus extraordinaire."

Alors que Stella et Sophia mettaient la touche finale à son maquillage et à sa coiffure, Carla sentait une vague de confiance l'envahir. Elle était prête à faire face à Lucian avec grâce et assurance, prête à montrer l'éclat de sa personnalité.

"Laissez-moi voir", demanda Carla avec impatience.

Stella s'écarta du miroir et Carla resta sans voix. Son visage était un tableau digne d'une œuvre d'art, ses yeux étincelaient sous les dorures, et ses cheveux étaient magnifiquement enroulés et tressés. Elle ne pouvait pas se sentir plus belle.

"Impressionnant, n'est-ce pas ?", murmura Nia, ses yeux brillants de fierté.

Carla acquiesça, un sourire qui illuminait son visage. "Je suis prête à briller, Nia. Merci pour tout."

Nia lui adressa un discret clin d'œil complice. "Maintenant, allons rejoindre Lucian et préparons-nous à faire tourner toutes les têtes ce soir."

Carla acquiesça avec confiance, sachant qu'elle était entre de bonnes mains. Elles se dirigèrent ensemble vers le Grand Salon.

Une envie pressante

Paul observait Sandra en train de s'équiper avec des armes et des accessoires militaires. Elle était tellement concentrée qu'elle ne levait même pas les yeux.

"Regarde-toi, on dirait Rambo !", se moqua-t-il.

Sandra leva les yeux et le regarda avec un sourire narquois. "Tu rigoles, mais tu serais surpris de voir à quel point je peux être redoutable", répliqua-t-elle.

Elle enfila une veste en kevlar, attacha plusieurs ceintures de munitions autour de sa taille, et saisit un fusil qu'elle allait fixer dans son dos, mais elle se ravisa.

"Et ça, ça te fait rire aussi ?", demanda-t-elle en pointant son fusil vers Paul.

Paul leva les mains en signe de reddition. "D'accord, d'accord, je ferme ma bouche. Mais sérieusement, tu penses vraiment que tu vas avoir besoin de toutes ces armes ?"

Sandra haussa les épaules en remplaçant le fusil dans son dos. "Après ce que j'ai vu, je crois qu'on n'en aura jamais assez. On ne sait jamais ce qui peut arriver. Je préfère être préparée, c'est tout. Ça te pose un problème ?"

Paul soupira. "Non, non, je ne dis rien. Mais tu as l'air d'être partie pour une guerre."

Sandra sourit. "C'est un peu ce que je ressens aussi. Mais je dois faire ça. Je dois le faire pour Carla."

Paul hocha la tête. Il savait que Carla représentait tout pour Sandra, et qu'elle était prête à beaucoup d'abnégation pour elle. Il savait que leur relation s'exprimait même sans doute au-delà de la simple sororité. Mais au bout du compte, ce n'était pas ses affaires.

"Allons-y", dit Sandra en le bousculant gentiment alors qu'il bloquait son chemin. "On a du travail à faire."

Paul soupira, roulant les yeux au ciel, puis la suivit sans broncher, mais toujours un peu perplexe. Il n'avait qu'une certitude : c'est qu'il serait là pour sa sœur quoi qu'il arrive. Peu importe à quel point tout cela semblait fou. Il savait qu'il ne pouvait pas laisser sa sœur affronter seule cette situation. De plus, même s'il ne maîtrisait pas du tout cette histoire, elle commençait à l'intriguer sérieusement, au point de ne pas résister à l'idée d'en connaître la suite.

Ile marchaient donc en silence, Sandra concentrée sur sa mission, Paul perplexe. Quand soudain, elle s'arrêta net. Son visage se crispa et elle lança un regard sombre à Paul. Elle savait qu'il allait se moquer d'elle sans quelques secondes.

"J'ai envie de pisser !", avoua-t-elle, confuse et frustrée que sa vessie se manifeste de manière si impérieuse au moment où elle en avait le moins besoin. C'était sans doute à cause du stress et de la pression démesurée qu'elle s'était mise toute seule sur les épaules. Et quand une vessie décide qu'elle doit être vidée, en général, elle ne vous laisse aucun choix.

"De Rambo à Sandra la pisseuse ! Quelle transformation !", se moqua Paul en aidant sa sœur à retirer la veste en kevlar et une partie de son équipement.

Sandra, gênée, le fusilla du regard. "Tu ferais mieux de te dépêcher avant que je te pisse dessus !"

Paul éclata de rire encore plus fort. "Non, non, tu es trop généreuse. J'ai déjà pris ma douche. Allez, dépêche-toi !"

Sandra grimaça mais se hâta pour satisfaire enfin ses besoins naturels. Elle soupira, avec un râle de soulagement qui descendait jusqu'au fond de la gorge lorsque c'était enfin terminé. "Putain c'que ça fait du bien !", laissa-t-elle échapper en se parlant à elle-même, avant de se rhabiller pour rejoindre son frère au pas de course.

"Désolée pour ça. On peut continuer maintenant," dit-elle en ramassant son équipement.

Paul, les yeux remplis de malice, entoura les épaules de sa sœur. "Pas de problème. Ça fait partie de l'aventure ! Rien ne pourra nous arrêter. Même pas tes envies pressantes !"

Sandra ne put s'empêcher de sourire.

63

64

L'oracle moqueur

La curiosité de Carla parvint à son point culminant lorsqu'elles franchirent la porte qui donnait sur un quai embrumé. Les vagues se soulevaient avec constance, tandis qu'un bateau majestueux se balançait doucement sur les flots. Il était amarré juste devant elles, comme s'il les attendait.

C'était une jonque, assez grande et imposante, qui se dressait fièrement sur l'eau sombre du quai. Sa silhouette exotique rappelait celle des anciens navires de pêche, avec ses voiles colorées et ses structures de bois finement sculptées. Mais ce qui captiva immédiatement le regard de Carla fut la magnificence des voiles qui ornaient son avant. Telles les ailes d'un animal préhistorique, figées dans le temps comme beaucoup de choses dans cette maison, ces voiles composées de plumes géantes étaient d'un rouge intense, vibrant de vie et de mystère. Chaque voile était soigneusement disposée, créant un contraste saisissant avec la coque du bateau, peinte d'un noir profond. Au fur et à mesure que le bateau se balançait doucement sur les vagues de faible intensité, ces voiles dansaient dans l'air, donnant l'impression que le navire était prêt à s'envoler vers des contrées inexplorées. C'était un spectacle à couper le souffle, un mélange parfait de beauté et de puissance qui éveillait la curiosité. Cette jonque semblait - elle aussi - vivante.

Alors que l'excitation montait en Carla, une pointe de scepticisme sembla s'immiscer dans son esprit.

Son regard se posa sur Nia, qui arborait un sourire énigmatique, presque joueur. Carla ressentit une soudaine inquiétude face à la confiance aveugle qu'elle avait accordée à cette nouvelle amie.

"Mais c'est quoi cette maison au juste ?" s'écria-t-elle, déconcertée.

La voix de Carla résonna dans le silence moite qui enveloppait le quai. Ses paroles se perdaient dans la brume, sans réponse. Nia la fixa un instant, un éclair de colère dans les yeux, l'espace d'une fraction de seconde, avant de soupirer doucement.

"Carla, ma chère, tu dois continuer à me faire confiance", déclara-t-elle d'une voix douce, presque hypnotique. "Cette maison est un portail vers des merveilles inexplorées, un voyage vers l'inconnu. Tu ne dois pas le craindre. mais au contraire, le faire tien."

Les paroles de Nia qui se voulaient rassurantes - véritable bouillie sans queue ni tête - ne firent qu'attiser les suspicions de Carla. Son regard se perdit dans le lointain, tandis que des pensées contradictoires se bousculaient dans son esprit. Fallait-il croire les mots de Nia, qui semblait avoir une mission bien précise à accomplir ? Ou bien écouter sa prudence naturelle et rebrousser chemin ? Mais elles avaient trop avancé dans cette "maison" pour que Carla se souvienne du chemin du retour. Il n'y avait plus de marche arrière possible.

Elle s'efforça de chasser ses peurs et de trouver la vérité dans les yeux de Nia. Pouvait-elle réellement lui faire confiance ? Était-ce la promesse d'un monde merveilleux ou bien une ruse conçue pour la manipuler ?

Le temps s'étirait indéfiniment alors que Carla luttait avec ses pensées contradictoires. C'était comme une alerte que tout son corps lui envoyait, d'abord par petite touches, puis désormais en permanence.

Finalement, elle inspira profondément. Une lueur de détermination brilla dans ses yeux, comme on allume les phares d'une voiture pour démarrer, dissolvant ses craintes l'une après l'autre. Elle n'avait pas fait tout ce chemin pour rien, ni par hasard. Elle savait qu'elle devait prendre une décision et en assumer les conséquences.

"Je te fais confiance, Nia", déclara-t-elle avec une conviction retrouvée.

Ces mots résonnèrent tel un serment d'alliance, liant les deux femmes. Il n'y avait pas besoin de contrat entre elles. Un regard suffit.

Elles s'engagèrent sur ce bateau incroyable qui se dressait devant elles.

Après quelques manœuvres pour se dégager du quai, le voici qui prenait doucement le large.

Nia ressentit sans peine l'inquiétude qui émanait de Carla. Elle comprenait cette appréhension face à l'inconnu et cherchait un moyen de la rassurer. Après une longue réflexion, elle décida de lui chanter une chanson.

Elle en choisit une douce et réconfortante alors qu'un groupe de jeunes dauphins enjoués s'approchait pour accompagner leur traversée.

D'une voix claire et mélodieuse, Nia entonna une mélodie envoûtante. Les paroles, bien qu'en langue inconnue, avec des sonorités étranges, semblaient toucher l'âme de Carla et l'entourer d'une aura de sérénité retrouvée. Le rythme lent et apaisant de la chanson emporta les deux amies dans une bulle de calme au milieu du balancier des vagues.

Les soucis de Carla s'envolèrent petit à petit, remplacés par un sentiment de confiance et de sécurité. La chanson de Nia avait le pouvoir de lui ôter tous ses doutes et de l'apaiser. Elle ferma les yeux, se laissant bercer par la musique envoûtante, par un léger vent tiède, et le lent bruit des vagues. Elle sentait son esprit se libérer de toutes ses craintes.

Pendant que Nia chantait, un vol de corbeaux surgit de nulle part, se détachant du ciel embrumé et rougeoyant. Ces oiseaux tournoyaient gracieusement dans les airs, leurs plumes noires formant un ballet d'une grande précision. Carla ouvrit les yeux et les suivit, émerveillée par leur danse aérienne.

Soudain, un corbeau plus imposant et audacieux que les autres se détacha du groupe et plongea vers le bateau. Il volait avec une grâce presque surnaturelle et se posa délicatement sur le rebord. Ses yeux d'un noir profond brillaient d'une lueur à la fois intelligente et provocante. Il tourna sa tête plusieurs fois, son bec fendant l'air comme une épée, comme s'il cherchait à voir quelque chose de précis.

Carla observa le corbeau avec admiration, fascinée par sa beauté sombre et intrigante. Elle sentit une connexion étrange avec lui : ce corbeau était peut-être porteur de secrets et de connaissances cachées. Elle se tourna vers Nia, les yeux remplis de curiosité : "Qui est-il ?" demanda-t-elle.

Contre toute attente, Nia s'approcha de l'animal, caressa doucement son plumage lisse et soyeux, puis adressa un regard complice à Carla. "Ce corbeau est un ami", dit-elle de sa voix douce. "Il peut comprendre nos paroles et nous répondre. Tu peux lui poser une question si tu le souhaites."

Carla fut à la fois surprise et intriguée. Elle n'avait jamais imaginé qu'un oiseau puisse être capable de comprendre le langage humain. Cependant, sa curiosité l'emporta sur sa raison et elle décida de saisir cette opportunité unique. Elle adressa un regard inquiet à Nia, comme pour lui demander la permission, tant cette proposition lui semblait impossible. Nia ferma les yeux pour l'inviter à agir.

Avec hésitation, elle s'adressa au corbeau d'une voix timide : "Corbeau mystérieux, puis-je te poser une question ?"

Le corbeau tourna la tête vers Carla. Son œil perçant scrutait l'âme de la nouvelle recrue. Il inclina légèrement la tête, semblant inviter Carla à poursuivre.

Elle sourit, rassurée, prit une profonde inspiration et posa la question qui pesait sur son cœur : "Corbeau mystérieux, est-ce que je me marierai un jour avec Lucian ? Aurons-nous un enfant ?"

Le corbeau tourna de nouveau plusieurs fois la tête, puis regarda fixement, plongeant son regard à nouveau dans celui de Carla. Les secondes défilaient dans un suspens croissant. Carla retenait son souffle, attendant la réponse qui pourrait bouleverser sa vie.

Mais le corbeau éclata de rire, d'un rire cristallin qui déchira l'air ambiant. Carla fut prise de court, ne s'attendant pas à pareille réaction. Sans prévenir, le corbeau déploya ses ailes majestueuses et s'envola, disparaissant rapidement dans l'horizon.

Le départ inexpliqué du corbeau laissa les deux femmes perplexes. Le rire du corbeau résonnait encore dans leurs oreilles, emplissant l'air d'une étrange musique au goût amer. Carla sentit une pointe de frustration monter en elle. Pourquoi ne lui avait-il pas répondu ?

Elle se tourna vers Nia, les yeux remplis de confusion. "Pourquoi le corbeau se moque de moi ? Pourquoi n'a-t-il pas répondu à ma question ?"

Nia haussa les épaules, un sourire énigmatique sur les lèvres. "Peut-être qu'il était simplement d'humeur taquine aujourd'hui", suggéra-t-elle. "Ou peut-être que les réponses que tu cherches ne peuvent pas être trouvées de cette manière. Parfois, il est préférable de laisser le destin suivre son cours."

Carla se sentait à la fois frustrée et trahie par la réponse de Nia. Elle voulait comprendre. Elle voulait savoir si Lucian était réellement l'homme de sa vie, si leur amour pouvait se concrétiser. Un amour pur qu'elle recherchait de tout son cœur depuis longtemps. Mais peut-être que Nia avait raison. Peut-être était-il préférable de laisser les choses se dérouler naturellement, sans chercher à tout contrôler.

La jonque majestueuse accosta bientôt sur le quai de l'autre rive et les deux amies descendirent avec précaution. La sensation de la terre ferme sous leurs pieds était une délivrance après la traversée incertaine sur les flots devenus agités.

Le Grand Salon

Elles s'approchèrent du portail immense en or qui brillait de mille feux sous les rayons du soleil qui perçaient à travers les nuages rougeoyants. Les sculptures détaillées représentaient des créatures fantastiques et des paysages magnifiques. C'était une version encore plus luxueuse et titanesque du premier portail d'entrée dans la maison.

Carla et Nia échangèrent un regard rempli d'espoir et d'excitation.

"Nia ! Qu'est-il arrivé à ton visage ?" s'écria Carla, choquée par les traits radicalement rajeunis de Nia. "Et tes seins !" continua-t-elle, ne parvenant pas à croire ce qu'elle voyait.

Leurs mains se frôlèrent dans un geste complice, prêtes à franchir ensemble cette porte.

"N'ai pas peur Carla. C'est le signe que nous approchons de Lucian." déclara Nia, laissant entrevoir l'étendue incroyable des pouvoirs du jeune homme.

Sans plus attendre, elles s'avancèrent résolument vers le portail. Leurs pas résonnaient avec assurance sur le sol.

Comme s'il les avait détectées, le portail se mit à briller intensément, émettant une lumière éblouissante qui enveloppa les deux amies. Aveuglées, elles fermèrent temporairement les yeux tandis que ce rayonnement les enveloppait, se laissant porter par cette énergie irradiante.

Lorsqu'elles ouvrirent enfin les yeux, elles découvrirent le Grand Salon : un véritable monde de splendeur.

La lumière du soleil inondait la pièce, étincelant sur les vitraux colorés et les dorures des lustres. Le sol en bois poli scintillait comme un miroir, reflétant les statues et les peintures qui ornaient les murs.

Au centre de la pièce, qui s'étirait toute en longueur, un lustre géant en cristal scintillait comme des milliers de diamants. Sa lumière douce et tamisée enveloppait la salle d'une atmosphère de rêve. D'un côté, une statue d'une femme tenant un vase de fleurs exhalait une odeur de jasmin. De l'autre, une statue d'un homme tenant un cerf semblait s'animer au soleil.

Les murs étaient ornés de hautes colonnes qui soutenaient un plafond complexe de fresques et de sculptures. Une table en or trônait dans un coin, entourée de chaises confortables. Au centre de la table, un vase rempli de roses répandait son parfum envoûtant.

La pièce était un véritable chef-d'œuvre d'architecture et d'art. Chaque détail était soigneusement travaillé, de la finesse des motifs gravés sur les piliers aux détails minutieux des statues et des peintures.

En entrant dans cette salle, Carla eut l'impression d'être transportée dans un autre monde, dans une autre époque. L'atmosphère était à la fois solennelle et enchanteresse. Elle se sentait comme une invitée de marque dans un palais.

"Il doit avoir un portefeuille très profond", plaisanta-t-elle en adressant un clin d'œil à Nia qui lui souffla : "Bienvenue au Grand Salon !"

Lucian était assis sur un trône, au fond de la pièce, avec une posture nonchalante. Il était entouré de silhouettes monstrueuses, semblables à une cour des horreurs. "Quel mégalo arrogant !" pensa-t-elle secrètement, juste avant d'être submergée par un choc émotionnel inattendu.

Le monstre qui les avait attaquées, elle et Sandra, dans le métro, se tenait là, parmi ces ombres difformes qui entouraient Lucian.

"C'est lui !", cria-t-elle en montrant du doigt la silhouette géante et couverte de poils, comme une épaisse fourrure, qui se détachait du groupe.

Le monstre se sentit visé et s'approcha lentement de Carla. Ses yeux la fixaient comme s'il avait verrouillé sa proie pour la dévorer d'une seule bouchée. Il renifla l'air avec une profonde avidité. Ses narines se dilataient dans l'effort, dévoilant ses dents pointues et acérées. Carla trembla sous le regard intense de la créature alors qu'elle essayait de reculer, cherchant désespérément à se cacher derrière Nia.

Cette dernière sentait l'effroi parcourir tout le corps de Carla et posa sa main avec douceur sur son épaule. "Reste calme, Carla. Il ne te fera aucun mal. Il est perturbé par ta présence. Il t'a aussi reconnue", murmura-t-elle d'une voix rassurante.

Carla acquiesça, peinant à contenir sa peur grandissante. Les deux amies se tenaient côte à côte, cernées par cette monstruosité qui tournait sans cesse autour d'elles, avec des filets de bave qui commençaient à perler de sa longue gueule.

Le monstre se rapprochait un peu plus à chaque tour. Ses yeux rougis et le grognement sourd qui s'échappait de sa gorge velue avaient fini de glacer le sang de Carla.

"Que voulez-vous ?", demanda Carla, s'adressant au monstre d'une voix aussi ferme que possible. Mais un léger vibrato trahissait son inquiétude.

Le monstre lâcha un sifflement rauque, une langue bifide et visqueuse glissant brièvement entre ses lèvres écailleuses. "Je suis le gardien du Grand Salon", déclara-t-il d'une voix gutturale. "Je suis ici pour vous empêcher de passer."

Carla ne s'attendait pas à ce que cette chose difforme se mette à parler. Encore moins à ce qu'elle fasse partie du service de sécurité de la maison.

Elle fût bientôt écœurée par la puanteur de ce monstre qui se déplaçait tantôt à quatre pattes, tantôt redressé sur ses pattes arrière. Elle sentit son estomac se nouer d'appréhension et une violente nausée l'envahit jusqu'au vomissement.

Carla arrosa tout le museau du monstre qui se recula en secouant la tête pour se débarrasser de ce liquide visqueux.

Le monstre, frustré d'être humilié par ces déjections inattendues, se redressa sur toute sa longueur et se jeta avec force sur Carla.

Sans laisser une seule chance au monstre, Lucian leva le doigt depuis son fauteuil et immobilisa l'être monstrueux et agressif. "Tiens bon, Carla ! Ne t'inquiète pas, il ne te fera pas de mal", dit-il d'une voix rassurante. Le monstre essaya encore de se débattre, mais Lucian maintint sa prise sur lui avec une force inébranlable.

Carla, encore sous le choc, prit enfin conscience de la situation et avec précaution, elle commença à s'éloigner lentement du monstre afin de reprendre son souffle et de se remettre de la nausée qui la tourmentait. Son regard se posa sur Lucian, le voyant totalement concentré, canalisant son pouvoir pour repousser le monstre vers une autre direction. D'un geste puissant, le monstre fut projeté violemment contre un mur, détruisant toute la décoration délicate qui s'y trouvait, étourdi et désorienté.

Profitant de cette brève accalmie, Carla discerna une petite dague posée sur une commode à proximité et la saisit rapidement. Elle était consciente qu'elle devait se défendre si le monstre parvenait à se rétablir de ses blessures.

Elle avait vu juste. Le monstre, en colère et blessé, se releva lentement, prêt à relancer son attaque.

Lucian ne baissa pas sa garde.

Il canalisa toute son énergie dans un dernier effort pour maîtriser définitivement le monstre. À mesure que la bête s'épuisait, sa lutte devenait de plus en plus faible, jusqu'à ce qu'elle soit complètement à nouveau immobilisée. Le monstre avait du répondant. Mais il ne faisait définitivement pas le poids face à la force du maître des lieux.

Carla, le cœur battant, tremblante comme une feuille sous le vent, s'approcha avec appréhension de l'immense créature. Elle prit conscience que malgré son apparence effrayante, le monstre était lui aussi une victime, manipulé par des individus sans scrupules. Un sentiment de compassion s'immisça en elle, mais elle devait également se rappeler qu'il représentait un danger.

Lucian relâcha lentement son emprise sur le monstre qui chuta lourdement au sol, épuisé, désarmé, presque incapable de respirer. Carla, désemparée, réalisait qu'elle ne pouvait pas le laisser en liberté. Quelque chose devait être fait. "Lucian, je ne sais pas quoi faire", murmura-t-elle d'une voix emplie d'incertitude. "Mais je sais une chose, je ne peux pas le laisser errer dans les rues. Je vais appeler les autorités compétentes pour qu'ils prennent en charge cette créature et lui offrent une chance de guérison."

Lucian regarda Carla avec admiration, touché par sa volonté de faire le bien. "Tu as raison, Carla. C'est la meilleure chose à faire. Nous devons tous prendre notre responsabilité pour nous assurer que cette créature ne fasse plus de mal à quiconque." Ils échangèrent un regard solidaire, réalisant que malgré les événements traumatisants qu'ils venaient de vivre, ils avaient trouvé une force en eux-mêmes et une connexion indéfectible.

Sans plus tarder, Carla prit son téléphone et composa le numéro des secours pour obtenir de l'aide. Pendant qu'elle attendait que quelqu'un prenne son appel, elle remarqua que Lucian avait sorti son propre téléphone qui s'était mis à sonner.

Il la regarda avec un air rempli de compassion et lui montrant son téléphone. Puis avec un sourire carnassier aux lèvres, il appuya délicatement sur l'écran du bout du doigt pour décrocher.

"Ici le service des secours. Que puis-je faire pour vous être agréable ?" demanda Lucian sans quitter Carla des yeux.

Nia tentait de retenir un rire en appuyant ses mains sur sa bouche et en se tournant. Elle finit par rire par saccades et si fort, que son rire se propagea à toute l'assemblée, et y compris à Lucian.

Pendant que le monstre se relevait et retournait sagement à sa place près du fauteuil de Lucian, Carla comprit avec toute la douleur du monde que ces gens se moquaient d'elle comme on se moque d'une pauvre imbécile naïve et sans défense.

Ce concert cacophonique de ricanements de hyènes, fit naître en elle un profond désir de revanche.

"Quelle est cette mascarade ?" demanda-t-elle, désabusée et furieuse.

"Ne le prends pas mal. Lucian est très taquin en ce moment", confia Nia en séchant ses larmes et tentant de prendre la main de Carla pour la rassurer.

"Toi, la fausse vieille, ne me touche pas !", vociféra Carla comme un chat qui crache. Elle repoussa violemment la main tendue de Nia.

"Qu'on nous laisse seuls !", ordonna Lucian, faisant immédiatement partir Nia, le monstre et toute la cour qui se trouvaient là.

Carla sentit immédiatement l'ampleur de cette salle vide. Lucian sourit en voyant les yeux à la fois émerveillés et dégoûtés de Carla. Il appréciait cette ambiguïté.

"Bienvenue en ces lieux !", dit-il. Puis il balaya la pièce du regard avant de désigner le majestueux fauteuil noir à dossier très haut au bout du tapis rouge. "Voici mon trône", ajouta-t-il en riant doucement, comme s'il n'y croyait pas lui-même.

Il fit virevolter sa cape noire en se tournant pour mieux admirer celle qu'il avait cherché depuis des années. Carla croisait longuement son regard, admirant ses traits fins, presque juvéniles.

Il s'approcha d'elle, l'observa longuement avec le plus grand intérêt.

"Tu es belle comme le jour, mon amour", murmura-t-il en lui retirant la dague des mains, "Tu n'en auras pas besoin", conclu-t-il. Il ne supportait pas les compliments pour lui-même, mais n'était jamais avare pour en distribuer aux autres.

Sa peau pâle et ses mains fines de pianiste lui donnaient un air délicat, mais ce n'était qu'une illusion. Lucian cachait bien son jeu sous une apparente fragilité. Et ses mots venaient, à dessein, de percer le cœur fragile de Carla, comme une balle fatale.

Elle demeurait là, complètement vidée et bouleversée par ces mots que Lucian venait de prononcer.

"Tu as dit 'mon amour' ?" demanda-t-elle confuse.

"Serais-tu ici, avec moi, si je ne t'aimais pas déjà", avoua-t-il en l'invitant à le suivre d'un geste gracieux et aérien de la main.

Elle hésita, puis s'avança lentement sur le long tapis rouge menant au fauteuil, en soulevant l'avant de sa robe pour ne pas marcher dessus.

A mesure qu'ils parcouraient la distance, elle levait encore les yeux et étudiait les détails du plafond. Toute sa surface était richement ornée de sculptures en stuc et chaque motif, minutieusement travaillé, venait compléter harmonieusement le décor baroque de la pièce.

"Ce plafond est l'une des caractéristiques les plus remarquables de cette pièce", expliqua Lucian en s'appuyant sur le dossier de son fauteuil. "Il a été créé par un célèbre peintre, sur commande spéciale, et secrète. Son talent à capturer la grandeur des dieux et des déesses est tout simplement incroyable."

"C'est magnifique. Quel peintre ?", demanda-t-elle, curieuse.

" Shhh... commande secrète", dit-il à mi-voix.

"Et ces lustres... Ils sont si élégants et complexes, avec tous ces détails. J'imagine combien d'heures ont été nécessaires pour créer de pareilles merveilles..."

Lucian acquiesça, se joignant à son admiration. "Chaque lustre a été soigneusement choisi pour refléter l'ambiance opulente de cette pièce. Les cristaux brillent comme des diamants sous la lumière, ajoutant une touche de magie à cet endroit."

Carla continua son exploration visuelle, s'attardant sur les meubles anciens qui semblaient raconter leur propre histoire.

"Les meubles de cette pièce sont des pièces uniques provenant de diverses époques", déclara Lucian. "Certains d'entre eux ont été conservés dans ma famille depuis des générations. Ils ajoutent une touche d'authenticité et de noblesse à l'ensemble du décor, tu ne trouves pas ?"

Elle pensait qu'après la séance d'habillage, de coiffure et de maquillage, elle venait d'avoir droit à la séance "suivez le guide touristique".

En tant qu'élève studieuse, elle approuva d'un hochement de tête et fut finalement invitée à s'asseoir dans l'un des fauteuils à proximité du trône de Lucian.

"Merci de m'avoir fait découvrir cet endroit, Lucian", dit-elle, en plongeant son regard dans le sien. "Chaque détail de cette pièce est absolument enchanteur, tout comme toi."

Lucian affichait un sourire radieux, ses yeux brillants d'une émotion intense. Carla venait de le toucher en plein cœur, sans crier gare. Cependant, il était toujours mal à l'aise avec les compliments.

"Je suis comblé de voir que tu apprécies, Carla. Ce salon a une signification particulière pour moi, mais il devient encore plus spécial en le partageant avec toi."

Ils restèrent là, assis, stupéfaits par la beauté de la pièce, enveloppés dans ce qui ressemblait au début d'un amour naissant entre eux.

Sandra & Paul ft. Florinda

Sandra et son frère, Paul, étaient en route vers la maison de Lucian.

S'ils avaient un but précis, tout du moins Sandra en avait un, il n'avaient aucune idée de l'importance de leur visite et de l'incroyable aventure qui les attendait. Leur plan était également d'une simplicité légendaire : "On fonce !"

Alors qu'ils roulaient sur une route sinueuse, un bruit de moteur puissant se fit entendre derrière eux, une sonorité immédiatement menaçante.

Sandra jeta un coup d'œil dans le rétroviseur et découvrit une imposante limousine noire qui les suivait de près. Elle sentit une pointe d'appréhension se frayer un chemin dans son esprit. Elle n'appréciait pas du tout cette pression que certains débiles de la route s'amusaient à mettre pour se défouler de leur vie sans saveur.

"Dis-moi petite soeur, c'est normal qu'une limousine large comme la route nous colle comme si elle voulait nous enculer ?", demanda-t-il, les sourcils froncés.

Sandra restait silencieuse, les yeux rivés sur le prochain virage.

Paul se tourna vers elle, puis vers le pare-brise arrière de leur voiture, les yeux écarquillés de surprise. "Eh bien... Je dirais que ce n'est vraiment pas normal du tout. Je crois qu'on a un sérieux problème au cul", plaisanta-t-il d'une voix grave en se retournant vers l'avant, l'air fataliste.

La limousine, de plus en plus proche, fit une manœuvre agressive pour les dépasser en plein virage en leur faisant une queue de poisson magistrale.

Sandra dut exécuter une embardée pour éviter la collision. Son cœur se mit à battre la chamade alors qu'elle réalisait la gravité de la situation et tentait de garder le contrôle de sa voiture

"Merde ! Qu'est-ce qu'elle veut cette pute ?" murmura-t-elle, les mains crispées sur le volant.

"Je ne sais pas. C'est une femme seule : une sportive apparemment. Fais attention !", s'exclama Paul, alors que la limousine commençait à freiner devant eux.

Sous la pression de la poursuite, Sandra braqua le volant sur la gauche et appuya à fond sur l'accélérateur, déterminée à prendre de la vitesse pour semer la voiture noire menaçante. La tension dans l'habitacle était tangible, et chaque coup de klaxon de la limousine qui les rattrapait à nouveau ne faisait qu'accroître leur angoisse.

La route semblait s'étirer à l'infini devant eux. Chaque virage était une véritable énigme à résoudre. Un vent léger s'engouffrait par la fenêtre ouverte, faisant frémir les cheveux de Sandra. Elle se sentait à la fois vulnérable et puissante, consciente que leur destin était, à ce moment-là, entre ses mains.

"On va la semer, cette pétasse du volant !", annonça Sandra d'une voix ferme, le regard fixé sur la route qui défilait devant eux. "Il y a une route secondaire dans quelques minutes. On pourra tourner là-bas."

Paul acquiesça, sentant une légère transpiration perler sur son front alors qu'il essayait de maîtriser ses émotions. "C'est une bonne idée, il faut la semer."

La tension montait inexorablement, chaque instant devenant plus oppressant que le précédent. Ce jeu incessant du chat et de la souris ne faisait qu'accroître l'adrénaline qui pulsait dans leurs veines. Ils étaient déterminés à tout faire pour échapper à cette voiture en furie, peu importe les risques encourus.

La sortie tant attendue apparut enfin devant eux, et Sandra s'engagea vivement sur la voie secondaire. La route, plus étroite et et encore plus sinueuse, offrait une promesse d'évasion, mais également un défi supplémentaire. Les arbres bordant la route semblaient se pencher vers eux, comme pour les avertir des dangers qui les attendaient.

Soudain, la limousine se mit à tirer des coups de feu en leur direction. Les balles sifflèrent à travers l'air, et certaines à travers la carrosserie de leur voiture, manquant de peu de les atteindre. Sandra réagit instinctivement, zigzaguant entre les balles, évitant de justesse chaque tir.

"Tiens bon, Sandra ! Tiens bon !", hurla Paul, son visage déformé par la peur.

Leur voiture filait à toute allure, raclant les broussailles des deux côtés de la petite route qui devenait plus étroite. La voiture noire les poursuivait toujours, telle une ombre implacable. Le bruit des balles et le vrombissement de la limousine résonnaient dans leurs oreilles tel un ultime avertissement.

Alors que Sandra cherchait désespérément une issue, elle freina de toutes ses forces. Une silhouette géante venait de traverser la route devant eux, avant de disparaître. Les buissons se balançaient encore après son passage.

Carla tenta de redémarrer, mais leur voiture patina quelques secondes avant de s'arrêter net, en biais, devant un vieux platane.

"Sors de là. Sors de là !", cria Paul effrayé et en sueur.

Sans perdre un instant, Sandra enclencha la marche arrière pour faire demi-tour, dans l'illusion de pouvoir s'échapper de cet endroit vraiment peu accueillant. Pourtant elle dû rapidement renoncer. Le moteur de leur voiture s'était grippé, les pneus patinaient sur le bitume recouvert de traces de terre, sans doute amenées là par le vent.

Les phares puissants de la limousine noire se rapprochaient dangereusement. Ils illuminaient leur voiture et la route d'un halo blafard. Les souffles haletants de Sandra et Paul semblaient se mêler en rythme dans l'habitacle. Bientôt ils n'entendirent plus aucun autre bruit que le battement effréné de leurs cœurs dans leurs oreilles.

Paul se retourna, fébrile, pour tenter d'y voir quelque chose mais les phares de la limousine étaient trop éblouissants.

"On fait quoi maintenant ?" demanda-t-il, décontenancé.

"On a un arbre devant nous, et la bagnole du diable au cul. On va sortir. On n'a pas le choix", répondit Sandra en coupant le moteur et en inspirant profondément.

Le silence oppressant de la nuit les enveloppait alors qu'ils venaient de sortir de leur voiture et se tenaient sur le côté de la route étroite. Ils ne pouvaient s'empêcher de scruter les alentours, à la recherche de la conductrice qui avait quitté le volant de la limousine.

Le cliquetis métallique du rechargement de leurs armes résonna comme un tonnerre dans ce silence pesant.

Alors qu'ils continuaient d'observer les ténèbres, un frisson parcourut l'échine de Sandra. Elle sentait des yeux invisibles posés sur elle, comme si la nuit leur offrait un avantage supplémentaire.

"Sandra, il faut qu'on bouge", souffla Paul d'une voix à peine audible. "Restons proches l'un de l'autre, ça sera plus sûr."

Elle hocha simplement la tête, incapable de prononcer le moindre mot, et se rapprocha de son frère. Ils se glissèrent lentement vers l'avant de la voiture noire, se faufilant entre les buissons et les arbres qui semblaient aussi les observer silencieusement. Quand on a peur, dans le noir, l'imagination n'est pas la meilleure alliée.

Soudain, un sinistre craquement retentit derrière eux. Leurs muscles se contractèrent et, d'un geste vif, ils se tournèrent en position de combat, prêts à dégainer leurs armes. Cependant, à leur grande surprise, il n'y avait rien. Rien d'autre qu'un vénérable arbre majestueux, dont l'épais tronc se dressait devant eux tel un gardien des lieux.

Le craquement se fit à nouveau entendre, cette fois plus proche. Sandra serra ses doigts autour de son arme, prête à ouvrir le feu sur la moindre menace. Elle échangea un regard inquiet avec Paul, cherchant le réconfort dans cette situation terrifiante.

"Sandra, on doit continuer à avancer", dit Paul d'une voix tremblante, comme pour se convaincre lui-même. "On ne peut pas reculer maintenant", continua-t-il, alors que Sandra lui demandait de se taire en posant le canon de son arme sur ses lèvres.

La mâchoire serrée, ils recommencèrent à avancer lentement.

Chaque bruissement des feuilles, chaque souffle du vent, étaient amplifiés dans leur esprit, les poussant au bord de la paranoïa. Ils savaient qu'ils ne pouvaient pas se permettre d'être distraits, pas maintenant.

Ils approchaient silencieusement de la limousine noire. Les phares s'éteignirent devant eux, laissant s'échapper une aura sinistre autour de la voiture noire. leurs sens restaient en alerte maximale.

"Qu'est-ce qui a bien pu se passer ici ?", murmura Sandra, d'une voix à peine audible.

"Je ne sais pas. Il n'y a plus personne", répondit Paul, peu rassuré. "Reste sur tes gardes."

Les jambes tremblantes, ils contournèrent la voiture avec une grande précaution. Le silence ambiant faisait résonner leurs pas, malgré leurs efforts pour éviter de se faire repérer. Les battements de leurs cœurs résonnaient encore plus fort dans leurs oreilles.

Sandra jeta un coup d'œil à l'intérieur de la limousine, son regard balayant chaque recoin à la recherche d'indices. Rien. Pas la moindre trace de présence humaine.

"Elle est forcément quelque part, et sans doute pas loin d'ici", souffla-t-elle troublée, luttant pour garder le contrôle de ses émotions.

Paul scrutait les alentours, sa main prête à déclencher son arme au moindre mouvement suspect.

"Restons vigilants. Cette salope doit nous observer en ce moment", chuchota-t-il. Sandra le regarda d'un air de lui dire de cesser de répéter tout ce qu'elle disait. Elle savait qu'ils étaient tous les deux à bout de nerfs, mais ce rôle de perroquet ne les aiderait pas vraiment.

Ils continuèrent leur exploration, sentant les minutes s'écouler comme des heures. Chaque bruissement d'arbuste faisait sursauter leur cœur en accélérant leur respiration. Des ombres se mouvaient dans l'obscurité, nourrissant leur méfiance grandissante.

"Sandra, partons ! C'est trop risqué de rester ici plus longtemps", dit Paul, sa voix toujours incertaine.

Sandra acquiesça, son regard fixé sur l'horizon obscur.

"Il faut qu'on se dépêche. J'ai un mauvais pressentiment. Je sens le mal qui rôde autour de nous", murmura-t-elle.

Paul retournait déjà d'un pas rapide vers leur voiture quand Sandra l'arrêta.

"T'es con ou quoi ?", rouspéta-t-elle en lui montrant la limousine vide avec les clés sur le tableau de bord. "Cette bagnole doit valoir une fortune. Monte, je conduis !", ajouta-t-elle en plongeant dans l'habitacle côté conducteur. Paul restait dehors abasourdi par la décision et le culot de sa sœur. Il ne la reconnaissait plus. Elle était complètement transformée, avec une psychologie de chasseuse. Elle qui lui reprochait sans cesse de pratiquer ce sport de buveurs de bière.

Paul monta enfin du côté passager et Sandra tenta de le rassurer : "On est en sécurité ici", lui souffla-t-elle alors qu'elle allait démarrer.

"Pas pour longtemps...", ajouta Florinda d'une voix volontairement gutturale, se redressant sur la banquette arrière.

Sandra et Paul se retournèrent brusquement, surpris par la voix inattendue derrière eux. Leur regard se posa sur Florinda, assise confortablement. Leur surprise se transforma rapidement en colère et irritation.

"Qu'est-ce que vous faites là ?!" s'exclama Sandra, les sourcils froncés.

Florinda, un sourire narquois sur le visage, répondit d'une voix douce et sarcastique : "Et vous ? Que faites-vous dans MA voiture ?"

Les frère et sœur se regardèrent, incapables de formuler la moindre réponse.

"Vous pensiez vraiment que j'allais vous laisser vous échapper si facilement ?"

Ils restaient silencieux, figés mentalement d'avoir été attrapés comme des lapins sous un phare.

"Et, de grâce, fermez vos bouches. Vous allez finir par baver sur le cuir de mes sièges", se moqua Florinda en récupérant leurs armes.

Paul, sortant de sa torpeur, resserra ses poings, et se contrôla pour ne pas lui sauter dessus et la rouer de coups. "Qui êtes-vous ? Que voulez-vous ?" demanda-t-il d'une voix dure en la pointant du doigt.

Florinda éclata de rire, se délectant de leur confusion. "Allons les enfants. Du calme. Je vais vous accompagner là où vous allez", ajouta-t-elle avant de se laisser emporter par un rire gras qui semblait ne jamais vouloir se terminer.

"Vous allez faire demi-tour et reprendre la route principale", déclara Florinda avec un sourire satisfait. "Je vais m'assurer que vous arriviez à destination. Allez, on se dépêche !"

Sandra et Paul, bien énervés par la présence de Florinda, décidèrent de suivre ses instructions pour le moment. Il leur valait mieux obéir, au moins temporairement, pour assurer leur sécurité.

Pendant le trajet, Sandra et Paul échangèrent des regards inquiets, se demandant ce que Florinda préparait. D'instinct, ils sentaient qu'elle était dangereuse. Elle avait l'air de celles qui savent ce qu'elles veulent et ne reculent devant rien. Ils se préparèrent mentalement à un affrontement, qui deviendrait inéluctable car ils ne comptaient pas se laisser diriger bien longtemps.

Ils arrivaient déjà sur la route principale quand Florinda leur demanda de garer la voiture sur le bas-côté. Sandra suivit ces instructions à la lettre et stoppa à l'endroit demandé. Florinda sortit de sa limousine et leur fit signe de la joindre.

"Maintenant, vous allez m'expliquer ce qui se passe et pourquoi vous nous poursuivez", demanda à nouveau Paul d'un ton ferme, ne contenant plus sa frustration.

Florinda sourit de manière énigmatique mais ne répondit pas immédiatement. Au lieu de cela, elle sortit un téléphone portable et leur montra une photo.

"Voilà pourquoi je vous poursuis", se vanta-t-elle d'une voix glaciale.

Sandra et Paul regardèrent la photo avec stupeur. C'était une image d'eux-mêmes, mais ils ne se rappelaient pas l'avoir prise. La photo semblait avoir été prise à leur insu, depuis la maison de Paul.

Florinda savoura leur confusion avant de répondre : "Vous ne vous souvenez pas de moi, n'est-ce pas ? Eh bien, laissez-moi vous dire que vous ne vous souvenez pas de bien d'autres choses non plus."

Florinda fit défiler des dizaines d'autres photos qui montraient à quel point elle s'était immiscée dans leur intimité ces dernières heures.

"Bien. Voilà ce que nous allons faire", dit-elle, fière de son petit effet.

Paul et Sandra restèrent interdits devant les photos exposant leur vie privée sans qu'ils n'en aient conscience. La peur se dessina sur leurs visages, accompagnée d'une intense curiosité mêlée de colère.

"Tout cela est incompréhensible", murmura Sandra, les yeux rivés sur les clichés. "Comment avez-vous pu entrer chez-nous ? Et nous photographier à notre insu ? Qui êtes-vous réellement ?"

Florinda savoura encore leur détresse et leur impuissance face à l'inattendu. Elle aimait voir ses victimes piétiner dans les méandres de l'inconnu, cherchant désespérément des réponses, là où il n'y en avait peut-être pas.

"Ah, les questions fusent dans vos petites têtes, n'est-ce pas ? Vos grincements de dents sont une musique délicieuse à mes oreilles", avoua-t-elle en souriant, délectée du malaise qu'elle provoquait en eux.

Paul, contenant difficilement sa rage, s'avança vers Florinda à l'arrière, la saisissant fermement par le bras. "Assez joué ! Répondez-nous immédiatement, ou je vous jure que vous regretterez d'avoir jamais croisé notre chemin !"

Florinda, sans se démonter, se dégagea sans effort de l'emprise de Paul. Elle leva un sourcil amusé avant de laisser échapper un rire tonitruant qui sonnait comme un aboiement.

"Ah, vous êtes si prévisibles", dit-elle d'une voix moqueuse.

A peine avait-elle terminé sa phrase qu'un convoi impressionnant de véhicules de police et militaires surgit devant eux. Le rugissement des moteurs faisait vibrer l'air et les obligea à se plaquer contre la carrosserie de la limousine. Étrangement, aucun gyrophare, aucune sirène, aucune lumière n'accompagnaient ce cortège qui venait de fendre la nuit noire. Seules les puissantes mécaniques résonnaient sur le bitume.

Paul, les yeux écarquillés et la bouche grande ouverte, ne put s'empêcher de s'exclamer : "Mais qu'est-ce que c'est que ce bordel ?"

Florinda, elle, observait le défilé infernal tout en tentant désespérément d'établir une communication téléphonique. "Merde... ils ne décrochent pas", grogna-t-elle, agacée. Résolue, elle ordonna d'un ton sec : "Montez. Je vais conduire. Nous devons arriver avant ces fous furieux, sinon, tout est perdu."

"Allez-y toute seule. Nous, on reste ici", déclara Sandra, bien décidée à en finir. "Oui, allez-y. On vous regarde", ajouta Paul les bras croisés, pour épauler sa sœur.

"Vous me fatiguez", laissa échapper Florinda en s'asseyant au volant de sa limousine. "Vous avez-vu cette armée qu'ils envoient chez Lucian ? Si vous voulez revoir votre copine Carla, c'est le moment de coopérer", ajouta-t-elle en démarrant le moteur, dont le bruit était bizarrement très fluide, comme une turbine qui n'avait rien à voir avec le cliquetis poussif du moteur à explosion habituel.

Sandra et Paul s'observèrent un instant, échangeant des regards empreints de doute. Puis, d'un commun accord, ils s'élancèrent à leur tour vers l'intérieur du véhicule qui s'envola aussitôt, suivant scrupuleusement de tracé de la route principale. La vitesse à laquelle ils traversaient les airs était aussi époustouflante que la tension qui étreignait leurs cœurs.

Le convoi

"Commandant, je viens de voir passer un véhicule devant nous" alerta Roberto qui conduisait le véhicule de tête du convoi.

Le commandant Bichon avança le buste vers le pare-brise pour tenter de voir quelque chose mais il ne voyait personne sur la route devant eux. Il grogna ensuite pendant une bonne minute car un morceau de la garniture de son sandwich venait de tomber sur le tableau de bord du côté passager.

"Commandant, je viens de voir passer un véhicule, juste là, au-dessus de nous" confirma Roberto en montrant le ciel d'un coup de menton rapide.

"Commandant, j'ai failli rentrer dans une soucoupe volante juste là !", s'exclama encore Roberto, les yeux écarquillés, en pointant cette fois le ciel d'un geste théâtral.

Le commandant Bichon, perplexe, regarda Roberto d'un air incrédule. "Une soucoupe volante ? Roberto, tu as dû confondre avec un oiseau ou quelque chose du genre. Les soucoupes volantes n'existent pas !", dit-il en se concentrant de nouveau sur son sandwich qui semblait minuscule par rapport à sa musculature de vétéran qui a tout vu et tout vécu. "Enfin, pas officiellement", ajouta-t-il la bouche pleine, en mastiquant avec une force démesurée, faisant basculer sa mâchoire inférieure de gauche à droite dans un balancier hypnotique.

Roberto, un sourire espiègle aux lèvres, continua pourtant avec enthousiasme : "Commandant, je vous assure que c'était bien une soucoupe volante ! Elle était noire, effilée et brillante. Je vous le jure, elle a filé à toute vitesse juste au-dessus de nous, droit devant !". Il traçait en l'air un geste de l'avant-bras, comme s'il coupait du bois.

Le commandant Bichon secoua la tête avec un rire étouffé. "Roberto, je sais que tu as de l'imagination, mais vraiment, une soucoupe volante ? Tu veux me gâcher ma pause sandwich, c'est ça ?"

Roberto haussa les épaules, feignant l'indignation. "Commandant, je suis blessé dans mon orgueil de pilote ! Vous ne croyez pas en moi !", dit-il en retournant son regard vers la route, et observant le ciel par intermittence.

Bichon leva un sourcil en s'arrêtant de mâcher comme une machine et demanda surpris : "Depuis quand tu as un orgueil de pilote, toi ?"

Roberto, voyant que son supérieur avait mordu à l'hameçon, éclata de rire avant de continuer. "Mais je suis sérieux, commandant. C'était incroyable !"

Le commandant Bichon, intrigué malgré lui, demanda finalement : "Bon, Roberto, raconte-moi tout en détail. Je n'ai rien vu", dit-il en montrant son sandwich, la bouche encore pleine, "Comment était cette soucoupe volante du jour ?"

Roberto leva un doigt avec malice. "Elle avait des lumières multicolores qui clignotaient tout autour d'elle, comme un sapin de Noël ! Et elle volait sans bruit, comme si elle défiait les lois de la physique !"

Le commandant Bichon, hilare, choisit de jouer le jeu. "Très bien, très bien... Le radar n'a rien détecté non plus. Mais imaginons : qu'est-ce que tu penses qu'elle avait en tête cette soucoupe ? Nous attaquer ? Nous kidnapper ?"

Roberto fit un clin d'œil complice. "Ah, commandant, je pense qu'ils étaient en mission d'observation. Peut-être qu'ils cherchaient à étudier notre incroyable talent pour la conduite en convoi. Ils pourraient bien revenir pour nous demander des conseils !"

Le commandant Bichon rit de bon cœur. "Roberto, tu as vraiment une imagination sans limites ! Mais bon, je suppose qu'on peut dire que nous sommes les meilleurs dans ce domaine. Peut-être que les extraterrestres en sont conscients !"

Roberto acquiesça avec exagération. "Exactement, commandant ! On fera la une des journaux demain : *Les extraterrestres cherchent conseil auprès des pilotes du convoi Bichon*' !"

Tous les deux éclatèrent de rire en imaginant les gros titres farfelus, alors que le dernier morceau du sandwich terminait son existence sur les bottes du commandant.

Finalement, le commandant Bichon, d'un geste amical, posa sa main sur l'épaule de Roberto.

"Roberto, même si je ne suis pas convaincu par cette histoire de soucoupe volante, merci de m'avoir fait rire. Tu as toujours ce don pour insuffler de l'humour dans les situations les plus improbables. Pour l'instant, concentre-toi sur la route devant toi car nous allons bientôt arriver chez ce fou. Je compte bien lui rendre une petite visite musclée, et en personne !", conclut-il en postillonnant des miettes de sandwich gras, garnies de mayonnaise, sur le pare-brise.

PAUL TOSKIAM

La révélation

Carla, ébahie et perplexe, fixait Lucian sans savoir quoi dire.

Ses yeux perçaient son âme. Elle était à la fois fascinée et terrifiée par la révélation qu'il venait de lui faire.

"Le Grand Maître de l'univers connu ? C'est quoi cette bouillie ? Il me prend pour une conne...", balbutia-t-elle, essayant de traiter cette information incroyable et absurde.

Lucian prit tendrement les mains de Carla dans les siennes. Ses yeux brillaient d'une intensité captivante. "Je sais que c'est difficile à accepter, Carla. Mais je te supplie de me croire. Je suis un être venu d'ailleurs, condamné à vivre sur Terre sans mes pouvoirs. Je recherche une chance de les retrouver, et c'est toi qui détiens cette possibilité. Dès que je t'ai vue dans le restaurant, j'ai su."

Il fit une pause, puis la regarda droit dans les yeux. "Je t'attendais depuis des siècles."

Carla se sentit envahie par une vague d'émotions contradictoires. D'un côté, elle ressentait une attraction inexplicable envers Lucian, un lien grandissant qui la poussait à lui faire confiance. Mais de l'autre côté, ce qu'il lui révélait était si incroyable, si éloigné de sa réalité qu'elle avait du mal à tout assimiler.

"Pourquoi moi, Lucian ?", demanda-t-elle d'une voix pleine d'indécision. "Pourquoi suis-je si importante dans ta quête de rédemption ?"

Lucian esquissa un sourire discret, caressant sa joue avec tendresse. Elle lui prit le bras pour faire cesser ce geste. Surpris, Lucian se recula puis continua : "Carla, tu es bien plus qu'une simple femme. Tu possèdes un ADN unique, une combinaison génétique qui peut activer les pouvoirs enfouis en moi. Sans toi, je ne pourrai jamais retrouver ma vraie nature. Tu es le code qui peut tout redémarrer."

Carla était particulièrement troublée par cette révélation, si elle était vraie. Elle savait que son corps disposait de certaines aptitudes uniques, mais pas à ce point. Le discours confus de Lucian l'effrayait, plus qu'autre chose. Elle ne se sentait pas prête à assumer une telle responsabilité, à être celle qui pouvait changer le cours de l'existence de Lucian, et peut-être de millions d'autres gens à travers le monde. Elle avait peur, sans le dire, ni rien laisser paraître.

"Je ne sais pas si je peux être cette personne, Lucian", murmura-t-elle, prenant soudainement conscience de ses propres limitations. "Je suis juste une personne ordinaire avec des rêves ordinaires. Je ne devrais peut-être pas avouer cela, car je cherchais à te séduire. Cependant, je doute d'être à la hauteur de tes attentes réelles."

"L'univers tout entier t'as conçue pour moi. L'attente a été très longue. Et il n'y a rien de plus beau que le résultat que j'ai devant moi", dit-il en la regardant dans les yeux.

"Oh, n'exagère pas. J'ai bien compris, tu sais. Inutile de te fatiguer avec ton charabia. Ce n'est pas moi que tu aimes. C'est la possibilité de retrouver tes 'pouvoir' ou je ne sais quoi. Tu n'es qu'un égoïste, comme tous les hommes", confia-t-elle, comme déçue d'avoir perdu son temps.

Lucian posa un doigt sur ses lèvres, laissant sa chaleur réconfortante l'envahir. Elle repoussa sa main :"Oh, et puis arrête de me toucher comme si j'étais ton petit jouet. C'est agaçant à la fin !", s'écria-t-elle en se retournant pour ne plus le voir.

"Ne doute jamais de toi, mon amour. Tu es extraordinaire. Tu possèdes une force intérieure que tu ne soupçonnes même pas. Et je suis là pour t'aider à la libérer", susurra Lucian, avec la voix suave du serpent, en se contorsionnant comme s'il allait se métamorphoser sur le champ.

Carla le regarda avec fascination et émerveillement, perdant peu à peu ses doutes. Elle se sentait protectrice, presque maternelle envers Lucian. Elle ressentait une forme de pitié pour cette âme perdue qui cherchait à retrouver son chemin. Pitié et amour vont parfois ensemble. Elle se résolut à accepter cette quête avec lui, même si elle ne savait pas encore où elle les mènerait. Enfin, elle avait sa petite idée.

"Je ferai tout ce que je peux pour t'aider, Lucian", déclara-t-elle avec une détermination retrouvée. "Je n'ai pas fait tout ce chemin pour faire demi-tour."

Lucian ouvrit ses bras pour l'inviter à l'embrasser, sentant une vague de soulagement l'envahir. Cette fois, elle accepta volontiers son geste de tendresse. "Merci, Carla. Tu combles le vide de ma vie terrestre", lui souffla-t-il à l'oreille pendant que Nia s'approchait d'eux à petits pas pressés, avec de grands gestes affolés.

Elle avait ouvert la porte du Grand Salon avec grand bruit et elle semblait à la fois excitée et effrayée. Cependant, ils restèrent ainsi, enlacés, savourant la chaleur de leur étreinte. Le temps semblait suspendu autour d'eux, comme si l'univers entier profitait lui-même à cet instant de son tour de force magistral.

"Grand Maître, je suis venue...", commença Nia avant d'être immédiatement interrompue.

"Ne prononce pas ces mots ici, Nia. Je te l'interdit !", ordonna Lucian se dressant devant Nia, qui ne comprenait plus où il voulait en venir. Elle cherchait une explication dans ses yeux, puis dans ceux de Carla, mais ne parvenait pas à saisir la situation.

"Ne prononce plus ces mots d'ailleurs, plus jamais", continua Lucian, soudain grave et au bord des larmes. "Ce Grand Maître est mort depuis longtemps. Et plus jamais il ne reviendra", continua-t-il en perdant son regard dans celui de Carla.

"Bon, écoutez, je ne comprends rien à votre poésie. Il y a une armée entière qui fonce sur nous. Tous les médias parlent en boucle du restaurant. On doit filer, tout de suite", alerta-t-elle en les invitant d'un geste de la main à la suivre hors du Grand Salon.

Carla se figea comme une statue.

"Tu en as trop dit, vilaine !", cria Lucian en repoussant Nia d'un geste brusque qui la fit tomber lourdement au sol. "Je voulais te sauver...", murmura-t-elle en se redressant, le bord des lèvres ensanglanté par le choc. Elle pleurait à chaudes larmes, en le dévisageant, ne comprenant pas pourquoi il la rejetait ainsi devant cette inconnue.

Carla, se son côté, ne voulait pas admettre ce qu'elle venait de comprendre. Prise d'une subite montée de panique, elle cherchait du regard par où elle pourrait s'enfuir de cette maison de fous.

"Non, ne pars pas ! Enfin, je veux dire, tu n'iras pas bien loin...", s'amusa Lucian en retenant Carla.

"Ne me touche plus, espèce de malade !", lui retourna Carla, en pleine montée d'adrénaline, et d'un dégoût viscéral.

Lucian se redressa avec fierté, déployant ses bras dans un geste ample, comme lorsqu'on s'étire le matin après une bonne nuit de sommeil.

"J'aurai préféré que tout ceci se passe autrement. Cette folle a jugé bon de tout gâcher", dit-il avec dédain en montrant Nia du doigt. "Prépare-là !", ordonna-t-il en sortant du Grand Salon.

Il s'éleva majestueusement dans les airs, dans un ballet aérien, ses vêtements et ses longs cheveux noirs flottaient autour de lui tels des rubans exposés au vent. Sa silhouette fine et athlétique détachait avec grâce devant l'ouverture au plafond, comme un oiseau prenant son envol vers de nouvelles aventures. La pièce vibrait d'une atmosphère envoûtante, les notes mélodieuses d'une musique lente accompagnaient chaque mouvement de Lucian.

Carla et Nia assistaient à ce spectacle aérien avec des yeux écarquillés, leur bouche grande ouverte. Elles ne parvenaient pas à détacher leur regard de cet homme qui semblait tout droit sorti d'un rêve. Même si Nia était habituée aux frasques de Lucian, surtout quand il était contrarié, elle ne pouvait s'empêcher d'admirer celui qu'elle aimait depuis toujours.

L'ouverture au plafond se referma et la musique enivrante cessa, laissant place à un silence complet dans le Grand Salon.

"Merde ! Je me sens comme après un orgasme...", murmura Carla en ricanant de ses propres paroles.

"Ne t'en fais pas. Il fait toujours ce genre de caprice quand il est frustré. C'est un vrai gamin", confia Nia pour tenter de la rassurer.

"Un gamin ? Et sinon qu'est-ce qu'il veut dire par 'prépare-là' ?"

"Tu l'as compris de toi-même n'est-ce pas ? Lucian est un être magnifique, mais tourmenté comme un damné. La violence et parfois sa seule amie pour expier ses propres souffrances", continua Nia, en regardant autour d'elle comme si elle lisait les mots magiques d'un vieux grimoire invisible.

"Hé, on a tous nos petits problèmes, N'est-ce pas ? Ce n'est pas une raison pour faire sauter un restaurant à l'heure de pointe !", la coupa Carla, de plus en plus effrayée par celui en qui elle ne voyait plus qu'un monstre. "Il faut appeler la police !", continua-t-elle.

"Inutile. Ils arrivent", confirma Nia d'un air désolé. "Viens, suis-moi. Je dois te préparer."

"Mais à quoi bordel ? Est-ce qu'on va enfin me parler comme à une adulte et m'expliquer ce qui se passe vraiment ici ? Je déteste ce type... ce monstre... et pourtant, chaque cellule de mon corps et toute mon âme me poussent inexorablement vers lui..."

"Tu es possédée Carla. Tu n'y peux rien", expliqua Nia d'une voix remplie de douceur et de compassion. "Je vais te préparer à accomplir ce qui doit être accompli."

"Oh, bordel, ça commence à puer la mort vos trucs. Je sors d'ici. Et ne cherche pas à me suivre. Soit maudite !", cria Carla, sentant bien qu'elle connaissait déjà la réponse à ces questions brûlantes qui tournoyaient à l'infini dans son esprit.

"Je lis dans ton âme, Carla. Tu sais que tu vas faire l'amour avec Lucian et que tu vas lui donner cet enfant qui sauvera le monde", lui susurra Nia à l'oreille d'un souffle chaud.

"Sauver le monde ? Il veut sauver ses fesses, oui ! Il ne pense qu'à lui ! Il est prêt à tout pour obtenir ce qu'il veut. Même à te frapper comme il l'a fait."

"Tu as parfaitement cerné le personnage. Allez, viens", dit Nia en lui tendant la main.

LE DESTIN DE LUCIAN

Les retrouvailles

"Ma chérie", dit Florinda d'une voix exaspérée tout en gardant les yeux fixés sur la route, "pourrais-tu demander à ton copain d'arrêter de vomir sur mes sièges ? Le cuir ne va pas supporter."

Sandra leva les yeux au ciel, légèrement agacée. "C'est mon frère. Et il n'y a rien à faire. Il a toujours eu le mal de l'air."

"Merde ! En plus, ça pue ici !", s'énerva Florinda en donnant un coup de poing sur le volant. "Mais sérieusement, qu'est-ce que vous mangez dans votre famille pour que l'odeur soit aussi épouvantable ?", grogna-t-elle avec une grimace qui crispa tout son visage.

"Sinon, tu sais où est Carla ?", demanda Sandra, un soupçon d'inquiétude dans la voix.

"Carla... Carla... ah oui, Carla ! C'est une très jolie jeune femme, je dois dire...", commenta Florinda en esquissant les courbes d'une silhouette féminine avec sa main.

"S'il te plaît, dis-moi où elle est," insista Sandra.

"J'ai soif ! Quelqu'un a de l'eau ?", s'exclama Paul, reprenant ses esprits et s'accrochant toujours à la poignée de la portière.

Florinda le dévisagea dans le rétroviseur. "Tu es content de toi, j'imagine ? Tu as complètement ruiné mes magnifiques sièges en cuir !", se plaignit-elle en ricanant.

"Je suis désolé, je...", bégaya Paul, bientôt interrompu par le vrombissement d'un petit compartiment qui s'ouvrait à l'arrière, illuminant l'intérieur de la limousine comme une petite discothèque.

"Vas-y, sers-toi. Tu as le choix !", invita Florinda en continuant de rire.

Paul était abasourdi. Ce petit gadget, parfaitement encastré en face des larges sièges sur lesquels il venait de vomir, le surprit et le ravit au-delà de toutes ses attentes. Il y avait de tout, des sodas, des alcools et surtout, une bonne eau fraîche et pétillante, pour apaiser sa soif et aider son estomac à retrouver un peu de sérénité.

"C'est magique !", s'exclama-t-il, subjugué.

"Vas-y, ne sois pas timide. C'est offert par la maison !", proposa Florinda avec un sourire bienveillant cette fois.

"Merci beaucoup !" s'exclama Paul en vidant une petite bouteille d'eau d'une traite.

"Bien, nous sommes arrivés. Nous allons descendre par le toit, cela sera plus rapide. Attachez vos ceintures, ça va secouer !", annonça Florinda en riant à nouveau en pensant à Paul.

"Tu ne m'as pas répondu," reprit Sandra, cherchant toujours à obtenir des réponses.

Florinda la regarda un instant, puis répondit d'un ton contrarié : "Tu l'aimes ta Carla pour insister autant, n'est-ce pas ?"

Sandra resta silencieuse.

"Oui, oui, ça va, ne me regarde pas avec ces yeux de chien battu. Elle est entre de bonnes mains. Je l'ai déposée personnellement. Elle doit être avec Lucian en ce moment", expliqua Florinda en descendant la limousine sur le toit immense de la demeure de Lucian.

"Allez, dépêchez-vous. Tout le monde descend !", ordonna-t-elle en poussant légèrement Sandra vers la petite plateforme qui s'était avancée sur le rebord du toit. Paul les suivit aussitôt, ne voulant surtout pas rester seul dans cette voiture maudite.

"Écartez-vous. Allez vers cette porte, elle va s'ouvrir", cria Florinda pendant que les portières de la limousine se refermaient, avant de s'envoler de nouveau dans les airs.

Paul et Sandra marchèrent d'un pas peu assuré le long de la passerelle comme demandé, jusqu'à une porte, plate et grise, qui s'ouvrit devant eux. Florinda les rejoignit bientôt. "Venez, entrez. Bienvenue chez Lucian !", dit-elle en les précédant à l'intérieur du toit.

Leur regard fut immédiatement attiré par les luxueuses décorations intérieures. Des lustres scintillants, des meubles précieux et une atmosphère chaleureuse les enveloppèrent en un instant. La musique feutrée d'une pièce voisine leur parvenait à travers les murs, ajoutant une bande son inattendue à l'endroit.

Ils avançaient, émerveillés, dans ce monde si différent de ce à quoi ils étaient habitués. Le sol était recouvert d'un tapis épais et soyeux. Les murs étaient ornés de tableaux saisissants et les rideaux en velours laissaient filtrer une lumière tamisée et envoûtante. Paul prenait des photos dans tous les sens avec son portable, en s'insérant dans le cadre lorsque le décor était particulièrement esthétique. Sandra le bouscula pour qu'il cesse ce petit manège.

Florinda les emmena dans un petit salon, où de larges canapés incitaient à la détente. Une table basse y était garnie de paniers de fruits exotiques et de verres étincelants. Au fond de la pièce, une cheminée crépitait doucement, réchauffant l'atmosphère sous ce haut plafond en triangle traversé de poutres apparentes.

"Installez-vous, faites comme chez vous", invita Florinda d'un geste gracieux. "Je vais chercher Carla et Lucian. Ils ne devraient plus tarder."

Les yeux de Paul suivirent le déhanché de Florinda alors qu'elle quittait la pièce, comme une tourelle qui suit sa cible.

"Tu as raison : elle a un vrai cul de salope", confirma Sandra pour le taquiner.

Un peu embarrassé, Paul se mit à rougir et s'installa dans un des canapés pour occuper l'espace. Sandra lui emboita le pas et ils restèrent encore un instant à admirer la pièce, encore sous le choc de cet environnement somptueux.

L'excitation et l'appréhension se mêlaient dans leurs esprits. Il se demandaient à quelle sauce ils allaient être mangés, n'accordant qu'une confiance limitée à Florinda.

Ils laissèrent s'écouler plusieurs minutes puis Paul prit la parole, émerveillé comme s'il visitait un parc d'attractions : "Cet endroit est dingue, non ?"

"Je n'ai pas confiance. Je sens le mal rôder autour de nous", répondit Sandra, scrutant encore le moindre recoin de la pièce. "Et nous n'avons plus nos armes", termina-t-elle d'un ton fataliste.

Paul, comme au sortir d'un rêve éveillé, prit conscience de ce petit détail qui lui avait échappé.

"Merde !", lâcha-t-il sèchement en regardant autour de lui, cherchant désespérément leurs armes.

"Ils sont trop forts. Je crois qu'ils nous ont hypnotisés comme des rats de laboratoire. On ne doit pas rester là. Viens, on va trouver Carla tout seuls", proposa Sandra en se levant vers la seconde porte du petit salon.

"T'es folle ? Vue de l'extérieur, cette baraque a l'air immense. On ne trouvera jamais", dit Paul d'un air résigné. Il n'avait surtout pas envie de savoir ce qui se trouvait derrière cette porte.

"J'adore ton esprit d'initiative. Tu ne changeras donc jamais ?", lui reprocha Sandra. "D'accord, j'y vais toute seule. Tu n'as qu'à m'attendre ici. Tiens, regarde, il y a aussi un bar, là. Tu n'as qu'à te remonter le moral en m'attendant", lui conseilla-t-elle en s'approchant de la deuxième porte en bois, chargée de bas reliefs finement ciselés, avec des visages sculptés qui semblaient la surveiller.

Paul observa Sandra s'éloigner vers la porte avec appréhension. Malgré leurs désaccords, il ne pouvait pas la laisser partir seule. Ce lien fraternel lui pesait parfois. Sandra se prenait souvent pour le chef naturel de la famille. Mais c'était sa sœur. Et il l'aimait comme ça, sans doute plus qu'il ne voulait se l'avouer. Après avoir fait une grimace qui dura plusieurs secondes, pour bien montrer sa frustration, il se leva rapidement et la rattrapa.

"Sandra, attends ! Tu crois que je vais te laisser y aller toute seule ? On fait équipe, non ?", déclara-t-il avec le sourire d'un aventurier endurci qui n'a peur de rien.

Elle lui jeta un regard de surprise, mêlé de gratitude, et acquiesça d'un geste de la tête. Leur relation avait toujours été faite de tensions, parfois puériles, mais dans ce moment unique où ils n'avaient plus aucun repère, ils savaient qu'ils devaient s'unir pour faire face à l'adversité.

Ils se dirigèrent alors ensemble vers la porte et s'ouvrent prudemment. À leur grande surprise, ils se retrouvèrent face à un couloir sombre et étroit.

"Ah ! Je le savais. Il fallait que ce soit un couloir sombre. Je déteste les couloirs sombres !", grogna Paul en tenant sa sœur par la main.

Le silence régnait en maître dans cet endroit, seulement interrompu par le léger grincement des planches sous leurs pas.

Paul sortit son téléphone portable et activa la lampe torche.

"Putain, on est dans un jeu d'horreur", murmura-t-il en éclairant autour de lui le chemin devant eux, révélant des murs cette fois décrépis et d'autres portes en bois semblables à celle qu'ils venaient d'ouvrir.

"Il faut faire gaffe, Sandra. Ce coin est moins sympa. On va tomber sur des Orcs !" murmura-t-il, tentant de contenir une formidable montée d'adrénaline.

Ils avancèrent dans ce couloir, chargé d'humidité, explorant chaque pièce qu'ils croisaient. Les salles semblaient abandonnées depuis des années, remplies de poussière et de souvenirs oubliés. Ils ne trouvèrent aucune trace de Carla, mais leur envie d'aboutir restait intacte.

Alors qu'ils s'apprêtaient à ouvrir une nouvelle porte, un bruit étouffé se fit entendre derrière eux. Ils se retournèrent rapidement pour voir une ombre se faufiler dans l'obscurité du couloir.

"Intrus ! Attrapez-les !", hurla une voix autoritaire.

Paul et Sandra échangèrent un regard effrayé et sans un mot, ils se lancèrent à la poursuite de l'ombre, dévalant le couloir à toute vitesse. Chaque pas les rapprochait peut-être de Carla, et ils étaient prêts à tout pour la retrouver.

Leur course folle les mena finalement vers une salle imposante, illuminée par une lueur mystérieuse qui provenait d'un vitrail multicolore. Ils y trouvèrent Carla, attachée à une chaise, visiblement affaiblie, mais toujours vivante.

"Enfin, vous êtes là !", dit-elle d'une voix faible. "Ils sont dangereux, ils m'ont retiré beaucoup de sang. Ils veulent l'utiliser pour fabriquer un enfant en le croisant avec le sang de Lucian...", expliqua-t-elle, cherchant son souffle, à bout de forces.

"Mais qu'est-ce que tu racontes ?", demanda Paul complètement stressé. "Ta belle robe est complètement déchirée", fit-il remarquer alors qu'elle commençait à leur révéler les détails de sa véritable mission.

Sandra et Paul la regardaient silencieux, les yeux écarquillés et la bouche bée, incapables d'assimiler toutes ces informations inattendues.

"Attends, Carla... Tu veux dire que tu es une espionne ?", demanda Sandra, encore incapable de la croire.

Carla hocha la tête d'un air grave. "Oui, c'est exact."

"Merde, Carla ! Pourquoi tu ne m'as jamais rien dit ?", s'écria Sandra, complètement vexée d'avoir été manipulée par celle qu'elle considérait jusqu'ici comme sa meilleure amie.

"Ne crie pas comme ça ! Tu vas attirer tous les dingues de cette maison !", reprit Paul, très préoccupé par ce qui pourrait surgir autour d'eux. Il n'avait pas particulièrement envie de faire connaissance avec les monstres dont on lui avait parlé avec moults détails.

"Je travaille pour une branche de l'administration chargée de protéger le monde des individus dotés de pouvoirs surnaturels. Lucian est l'un d'entre eux. Et il représente une grave menace pour l'humanité", continua Carla en exposant le creux de ses coudes pour qu'on lui retire ses pansements.

"Et c'est quoi comme administration ?", demanda Sandra sur un ton provocant, n'ayant toujours pas digéré cette surprise.

"Je t'expliquerai plus tard. Ma mission était d'infiltrer sa demeure et de récupérer des informations cruciales pour démanteler son organisation. Pour l'instant, on doit surtout sauver notre peau", expliqua Carla sans chercher à leur donner plus de détails.

Paul secoua la tête, essayant de saisir la gravité de la situation. "Mais pourquoi nous avoir impliqués ? Pourquoi nous ?"

Carla laissa échapper un soupir mélancolique. "Je n'en ai pris connaissance que récemment. Je savais que Sandra finirait par s'en mêler, c'est plus fort qu'elle. Tu connais ta sœur...", dit-elle alors que Paul hochait la tête avec un sourire complice.

"Paul, ce n'est vraiment pas le moment !", s'énerva Sandra, en le bousculant, mécontente qu'on la catégorise comme l'oiseau de mauvais augure de service.

"Lucian est lié à ceux qui ont fait voler la Grande Pyramide il y a deux siècles. Il prétendait être leur patron suprême, avant d'être évincé par ses semblables, écœurés par son arrogance et sa violence. Ils l'ont ainsi condamné à errer sur Terre. Je sais, ça semble fou dit comme ça", expliqua Carla, cherchant ses mots pour se faire comprendre.

Sandra fronça les sourcils, sa méfiance grandissante. "Attends, tu veux dire que ce type a plus de deux cents ans ?"

"Bien plus même. Deux cent ans c'est juste le temps depuis lequel il est exilé ici...", expliqua Carla, devant les yeux incrédules de Sandra et de son frère.

"Il doit toucher une retraite de folie !", commenta Paul en se grattant la tête, comme s'il tentait de calculer la somme astronomique en question.

"Et t'imagines le nombre de personnes avec lesquelles il a pu coucher ?", ajouta Sandra, soudainement fascinée par cette idée. "Donc, tu savais tout dès le début et tu t'es amusée à jouer l'innocente devant moi, sans la moindre once de culpabilité pour me mentir aussi grossièrement ? C'est bien ça que tu me dis ?", termina-t-elle, en colère, en tournant autour de Carla encore assise sur sa chaise.

"Je n'ai pas eu le choix. Je voulais surtout te protéger", confia Carla, empreinte de bienveillance et de sincérité. "C'était notre destin cette rencontre. Moi, je le traquais, pour le mettre sous les verrous. Et lui me cherchait, pour me vider de la moitié de mon sang, pour ses expériences de je ne sais quoi"

"Et ton boulot de femme de ménage, c'est du vent aussi ?", demanda Sandra, pendant que Carla hochait la tête. "Putain, j'ai du mal à y croire !", continua Sandra, abattue.

"A ma double vie ?", demanda Carla, intriguée.

"Non. Que tu aies osé me mentir, bordel !", rétorqua Sandra, en pleurs, visiblement très affectée.

"Bien, mesdames, une fois que vous aurez terminé vos petits drames, peut-être pourrons-nous partir d'ici. Qu'en dites-vous ?", proposa Paul, très fier de sa tirade.

Carla approuva d'un signe de tête. "Exactement. Nous devons rester solidaires et trouver un moyen de neutraliser Lucian. Mais nous devons aussi être prudents, il est extrêmement puissant, je veux dire, extraordinairement puissant. Et surtout, il n'hésiterait pas à nous éliminer si ses plans venaient à échouer."

Paul regarda les cordes qui entravaient toujours Carla et entreprit de les défaire. "D'accord, Carla. Nous sommes d'accord. Nous sommes tous prêts à affronter Lucian et à faire tout ce qui est nécessaire pour l'arrêter. Mais nous devons élaborer un plan solide", proposa-t-il, cherchant à se rassurer.

Carla se releva avec précaution, chancelante. Puis retomba assise sur la chaise. Aidée de Paul, elle se releva de la chaise et se massa ses poignets douloureux.

"Je suis d'accord. Nous devons d'abord nous assurer d'avoir toutes les informations nécessaires sur les pouvoirs de Lucian et les ressources dont il dispose", expliqua-t-elle en repoussant un peu Paul qui tentait de l'aider à marcher. "Il doit avoir une sorte de laboratoire secret quelque part où il prépare quelque chose pour quitter la Terre. C'est son obsession. Il veut retourner d'où il vient. Sans doute pour se venger", détailla-t-elle en marchant sur quelques pas, encore titubants, pour retrouver son équilibre.

"Eh bien ? Pourquoi on ne le laisse pas faire tout simplement ? On s'en moque s'il réussit à rentrer chez lui, non ? Bon débarras !", ajouta Paul, réfléchissant à voix haute.

"J'aimerais bien. Mais il m'a presque vidée de mon sang et je ne sais pas ce qu'il compte en faire exactement. Je risque peut-être ma vie en ce moment", confia Carla, avec la peur qui envahissait son visage.

"Ah, d'accord", commenta Paul, perplexe, ne voyant pas bien le rapport, si ce n'est que la nouvelle mission était d'obéir aux ordres de Carla, parce qu'elle s'était faite abuser par ce type, et que sa sœur ne voulait jamais vraiment la contrarier. "Les femmes !", songea-t-il en réalisant qu'il était mort de faim.

"Si jamais il obtient ce qu'il veut, il pourrait bien partir en faisant exploser la planète, simplement par vengeance", reprit Carla avec de grands gestes en l'air. "Il faut comprendre qu'il nourrit une haine viscérale. D'après nos renseignements, son pire rival était un protecteur de notre planète à travers les âges. Lucian est actuellement dans une situation désespérée, semblable à un chat qui a été plongé dans l'eau. Aujourd'hui, il doit être rongé par ce désir de revanche, prêt à tout détruire. Si vous observez les dégâts qu'il a causés au restaurant, vous comprendrez l'étendue abjecte de ses actions", lâcha Carla, apportant ainsi une révélation des plus choquantes.

"Quoi ? C'était lui ?", demanda Sandra, abasourdie, regardant tour à tour Carla qui acquiesça et Paul qui se tenait la tête, visiblement pris d'un sérieux mal de crâne.

Sandra se rapprocha de la grande fenêtre de la salle, jetant un coup d'œil à l'extérieur. "C'est une histoire de fous. Pour l'instant, il vaut mieux sortir d'ici, discrètement. Nous ne pouvons pas prendre le risque d'être repérés."

"Il doit y avoir une sortie pas loin", dit Carla, se déplaçant vers Sandra et lui caressant la nuque pour l'apaiser. "Tu as raison. Nous devons être prudents et rester sur nos gardes", lui souffla-t-elle à l'oreille.

Paul observait ce petit cirque, n'en croyant pas ses yeux quant à l'habileté de Carla à dominer sa sœur.

Le trio se dirigea vers la porte de la salle. Ils avancèrent ensuite lentement, les uns après les autres, calculant chacun de leurs pas, pour minimiser les risques de se faire repérer.

Ils continuèrent plusieurs minutes, à explorer les sombres couloirs, cherchant des indices sur les plans de Lucian et le supposé laboratoire. Leur peur grandissait à mesure qu'ils progressaient. Mais c'était une peur dont ils ne pouvaient faire l'économie. Même si tous leurs corps sonnaient l'alerte maximale, comme s'ils sentaient le danger s'approcher d'eux à grande vitesse.

Finalement, après une recherche minutieuse, ils trouvèrent un bureau verrouillé qui semblait contenir les informations qu'ils cherchaient. Grâce aux compétences informatiques en cassage de codes de Paul, ils réussirent à pirater le système de sécurité et à s'introduire dans la pièce. Sandra le regardait faire, interloquée. Pour elle, c'était de la sorcellerie.

Le bureau était rempli de dossiers et de fichiers, des informations capitales sur les véritables activités de Lucian et sur ses plans sinistres. Ils commencèrent à fouiller chaque document pour tenter de trouver ce qu'il comptait faire avec le sang de Carla.

Alors qu'ils étaient plongés dans leur tâche, les alarmes de sécurité se déclenchèrent soudainement, remplissant l'air de sons stridents et de lumières clignotantes.

"Merde, on est cramés !", s'exclama Paul, les yeux rivés sur les coins du plafond du bureau pour tenter d'y repérer et détruire les détecteurs ou les caméras de surveillance qui leurs avaient échappé.

Carla jeta un dernier coup d'œil à la salle, s'assurant qu'ils avaient récupéré toutes les informations nécessaires, puis elle ferma rapidement son portable. "Nous devons sortir d'ici au plus vite. Suivez-moi."

Ils se précipitèrent hors du bureau, courant à travers les mêmes couloirs sombres, mais cette fois recherchés par les gardes de Lucian dont les grognements approchaient rapidement. Les alarmes continuaient de retentir, les exposant de plus en plus au danger.

Ils atteignirent enfin une sortie de secours et se précipitèrent à l'extérieur, respirant l'air frais de la nuit. Fébriles et à court de souffle, ils savaient pourtant que la partie venait seulement de commencer.

Mais ils ne s'attendaient pas à tomber face à face avec Nia et Florinda.

Elles étaient là, devant eux, tranquillement assises dans deux fauteuils au beau milieu du jardin à l'arrière de la maison.

"Je me disais bien qu'on avait trouvé la sortie trop facilement...", souffla Carla en tentant de retrouver une respiration acceptable, et pointant un regard terrible de colère sur Nia et Florinda.

Elles étaient confortablement assises sur les fauteuils, les jambes croisées, une tasse de café à la main. C'était pour le moins une rencontre tout à fait ahurissante qui ne manqua pas de plonger Paul dans un fou rire nerveux qu'il ne parvenait plus à contrôler.

Nia et Florinda échangèrent un regard complice.

"Mais qu'est-ce qu'il a le jeune homme ?", demanda Nia d'un ton moqueur en le désignant du doigt comme un vulgaire objet sur un étalage.

"Ne t'en fais pas. Dans quelques secondes il va se vomir dessus", expliqua Florinda d'un rire tonitruant, amusée et dédaigneuse. Aussitôt, les quatre monstres velus qui se tenaient près des fauteuils commencèrent à rire aussi avec de drôles de voix, proches d'un klaxon de vieille voiture du début du vingtième siècle.

"Faites gaffe ! Nia - celle de droite - a une apparence jeune. Lucian n'est pas loin", murmura Carla, prudente.

Paul parvenant finalement à se maîtriser, commença à regarder partout autour d'eux, scrutant chaque recoin pour tenter de trouver où se cachait ce fameux Lucian si redouté. Sandra, quant à elle, était prête à intervenir à tout instant. Même si sans aucune arme pour se défendre, elle savait que le combat serait inégal.

Nia et Florinda échangèrent un nouveau sourire narquois en reposant délicatement leurs tasses de café sur la petite table basse disposée entre leurs deux fauteuils.

"Avez-vous enfin compris que vous ne pouvez pas nous échapper ?" demanda Nia d'un ton provocateur.

Carla afficha un sourire confiant et énigmatique et rétorqua aussitôt : "Peut-être nous avez-vous sous-estimés ? Il y a des choses à notre sujet que vous ignorez. Des secrets que nous avons gardés jusqu'à présent."

Sandra intervint avec force et détermination. "Vous ne nous arrêterez jamais ! Nous sommes prêts à tout pour vous neutraliser. Vous ne pourrez pas nous échapper !"

Nia ricana. "Vraiment ? Et qui donc va nous arrêter ? Toi, la rabat-joie ? Ou toi, le petit impassible ?", dit-elle, s'adressant tour à tour à Sandra puis à Paul.

Florinda renchérit, provocatrice. "Ou peut-être Carla, la mystérieuse ? Nous savons parfaitement que vous n'êtes pas de taille face à nous."

Carla retint un sourire amusé. Elle fit un pas et projeta ses bras en avant, faisant léviter les fauteuils sur lesquels étaient assises Nia et Florinda. "Je vais vous montrer de quoi je suis capable."

Aussitôt les quatre monstres velus tentèrent de se ruer sur elle pour la neutraliser, mais elle se montra bien plus rapide qu'eux. Les immobilisant sur place, elle les transforma en statues de pierre, leurs poils encore visibles. Le spectacle de ces créatures paralysées était à la fois saisissant et pitoyable.

Les yeux de Nia s'écarquillèrent de surprise. "Comment est-ce possible ?"

"Aimez-vous nos petits secrets ?", dit fièrement Carla, avec une certaine délectation. "Oui, j'en suis convaincue. Je le lis sur vos visages décomposés", continua-t-elle sur un ton enjoué. "Et l'un de mes talents est la manipulation des forces invisibles. Vous ne pourrez aller nulle part sans que je ne le décide."

Sandra se mit à rire à son tour, excitée par la tournure des événements. "Carla, merde, c'est incroyable ! Explose-leur la chatte à ces putes !", s'écria-t-elle en pleine euphorie en découvrant que son amie était une arme vivante.

Interloqués par cette soudaine verve, Carla et Paul tournèrent la tête vers elle, se demandant s'ils venaient vraiment d'entendre ces mots sortir de sa bouche. Sandra, un peu gênée de ce trop-plein de bonheur, se ravisa et rectifia : "Et sinon, tu peux faire tourner leurs fauteuils en l'air aussi ?"

Carla utilisa ses pouvoirs pour maintenir Nia et Florinda bloquées dans leurs fauteuils, qu'elle fit pivoter à bonne vitesse, à la demande générale. Elles tentèrent en vain de se débattre dans ce manège infernal, mais elles étaient totalement verrouillées, et secouées.

"Maintenant, nous allons avoir quelques questions à vous poser", déclara Paul, s'approchant des deux captives dont Carla venait de stabiliser les fauteuils, toujours en hauteur.

"Nia, quelque peu désorientée, parvint malgré tout à arborer une attitude de défiance. "Vous ne saurez rien de plus. Lucian ne vous laissera pas agir ainsi impunément."

Carla plissa les yeux, toujours aussi résolue à en finir avec elles. "Nous verrons bien. Nous avons déjà vos dossiers et nous saurons trouver les faiblesses de Lucian. Vous n'êtes plus indispensables."

Sandra s'approcha de Nia, un sourire sarcastique aux lèvres. "C'est fini pour vous. Vous n'êtes pas aussi puissantes que vous le pensez."

Les yeux de Nia lancèrent des éclairs. "Vous allez regretter cela ! Lucian ne pardonne pas la trahison !"

Florinda, de son côté, semblait plus résignée. Son regard se tourna vers Carla. "Tu es plus forte que je ne le pensais. Ne laisse pas Lucian t'échapper. Tu es l'amour de sa vie."

Paul observa les deux femmes captives avec méfiance. "Ne vous avisez pas de tenter de vous enfuir. Nous ne vous laisserons pas faire plus de dégâts."

Carla relâcha ses pouvoirs et les fauteuils redescendirent lentement sur le sol. Nia et Florinda restèrent silencieuses, rongées par la haine de ne pouvoir remporter cette bataille.

Sandra jeta un dernier regard méfiant aux deux femmes, puis se tourna vers ses compagnons de combat. "Nous devons nous dépêcher de trouver Lucian et de mettre fin à tout cela une fois pour toutes."

Carla acquiesça. "Effectivement. Nous devons trouver ses points faibles et les exploiter pour le neutraliser définitivement."

Carla sourit de nouveau avec satisfaction en voyant ses captives immobilisées. "Vous ne vous attendiez pas à ça, n'est-ce pas ?" dit-elle triomphalement. "Je ne suis pas la Carla que vous pensiez : cette petite ingénue inoffensive. J'ai développé des capacités extraordinaires grâce à mes années de formation pour combattre les individus dotés de pouvoirs surnaturels comme Lucian."

Sandra et Paul, le sourcil levé, admiraient la modestie dont faisait preuve leur amie. "Essaye de ne pas t'étrangler, on a encore besoin de toi !", lui dit-il, sur le ton de la plaisanterie. Carla comprit de suite de quoi il parlait et le remercia d'un clin d'œil.

"Regarde !", ajouta-t-elle en immobilisant les deux femmes aux fauteuils. "Les voilà incapables de bouger ou de prononcer un seul mot. Ca nous fera des vacances !"

"Qu'est-ce que tu leur as fait, Carla ?" s'enquit Sandra, légèrement inquiète.

Carla haussa les épaules. "Rien de grave, ne t'en fais pas. Elles sont simplement immobilisées temporairement, le temps que nous puissions obtenir les informations dont nous avons besoin."

Lucian, qui avait observé la scène de loin avec beaucoup d'intérêt, descendit gracieusement du ciel dans un élégant mouvement. Son regard était sombre, révélant toute sa puissance et sa volonté de rétablir un ordre des choses à son avantage.

"Je vois que vous vous êtes bien amusés sans moi", déclara-t-il d'une voix glaciale.

Carla, cherchant à conserver le contrôle de la situation, répondit d'un ton moqueur : "Oh, Lucian, je suis désolée. On a commencé la fête sans toi. Tu nous a manqués, tu sais ?", dit-elle, devant les yeux écarquillés de Sandra et de Paul, stupéfaits de son culot devant ce type qui semblait désormais capable de tout pour imposer sa volonté.

Lucian fixa Carla avec un sourire narquois. "Oh, ma chère Carla, tu es décidément pleine de surprises."

Paul, sentant la tension monter, essaya de détendre l'atmosphère. "Bon, on se raconte des blagues ou on règle nos comptes ? Parce que je suis un peu perdu là. Et puis j'ai faim !"

Le sourire de Lucian s'élargit. "Les blagues, on les laisse pour plus tard. Nous avons des affaires à régler, n'est-ce pas ? Je suis le descendant d'une lignée de conquérants, et je la continuerai, coûte que coûte. Mais... Il semblerait que vous ayez choisi de vous ranger du côté de mes ennemis ?"

Sandra plissa les yeux, imitant Carla, refusant d'être intimidée. "Nous avons découvert tes sombres projets, Lucian. Nous savons que tu veux utiliser le pouvoir de Carla pour créer un être surpuissant qui te servira d'instrument de destruction."

Lucian éclata de rire, une sorte de rire froid et cruel. "Tu n'as rien découvert, petite sotte. Ta petite tête est incapable d'imaginer ma puissance", dit-il en bombant le torse. "Vous ne faites que retarder l'inévitable", termina-t-il dans une sentence définitive.

Carla, ne voulant pas perdre de temps, intervint rapidement. "Assez de paroles. Montre-nous ce dont tu es capable, Lucian. Je suis prête à t'affronter."

Lucian accepta le défi d'un mouvement gracieux, et en prononçant "Quel dommage...", comme s'il se parlait à lui-même.

Les yeux pétillants d'un éclat sombre, il libéra une incroyable énergie qui enveloppa tout le jardin. La végétation commença à ployer, les arbres s'arrachèrent de terre et commencèrent à tournoyer au-dessus de lui. L'air se chargea d'électricité et d'éclairs d'une puissance étourdissante.

Dans un combat presque surréaliste, Carla et Lucian s'affrontèrent, déployant leurs pouvoirs surhumains. Des éclairs crépitèrent, des rafales d'énergie se déchaînèrent, laissant Sandra et Paul sans voix. Ils assistaient au combat de deux êtres qui devaient s'aimer, mais qui ne voulaient plus qu'une seule et unique chose : se détruire mutuellement. L'histoire de nombreux couples ordinaires se jouait devant eux, de manière extraordinaire.

Finalement, Carla utilisa son pouvoir fétiche pour contrer un coup dévastateur de Lucian. Une aura lumineuse l'entoura alors qu'elle canalisait une énergie éblouissante. Elle projeta cette puissance en direction de Lucian, le faisant reculer.

Lucian, impressionné par la force de Carla, lui adressa un sourire qui valait toutes les médailles. "Tu as de la chance...", murmura-t-il, sachant que la chance était une des forces les plus redoutables et indomptables de l'univers.

Paul, interrompant brusquement Lucian, prit un air faussement offensé. "De la chance ? Tu peux vraiment faire mieux que ça, Lucian !", continua-t-il en pleine tentative de provocation, se surprenant lui-même des mots qu'il venait de prononcer.

Les deux camps étaient si férocement engagés l'un contre l'autre dans cette bataille dantesque, qu'ils ne virent pas arriver les forces spéciales d'intervention.

Les deux camps s'affrontaient avec une telle férocité dans cette bataille épique qu'ils ne virent pas les forces spéciales d'intervention approcher.

PAUL TOSKIAM

L'assaut

Les hélicoptères survolaient déjà la maison, tandis que les hommes armés jusqu'aux dents du commandant Bichon firent soudainement irruption, encerclant les lieux et établissant un périmètre de sécurité. Les bruits assourdissants et les vibrations incessantes des véhicules d'assaut et des blindés envahirent rapidement l'espace, se positionnant en formation en arc de cercle. Le jardin fut immédiatement pris d'assaut par cette frénésie d'activités.

Lucian, toujours enveloppé d'une aura sombre et animé par sa quête de pouvoir absolu, leva les yeux vers le ciel et déchaîna un hurlement de rage. Les soldats, armés et prêts à faire feu, se rangèrent en colonnes face à lui pour maintenir le contrôle de la situation. Le commandant Bichon, cet homme imposant marqué d'une cicatrice diagonale sur son visage, avança lentement vers Lucian. Il affichait une expression grave, comme s'il répétait son texte avant une représentation.

Puis s'adressant à Lucian, il dit : "Arrête tout ce cirque, jeune homme. Un seul geste de ma part et ta tête volera en mille éclats". Sa voix très calme, et très menaçante. "Nous savons désormais ce que tu as fait. Toutes les preuves recueillies cette nuit t'accusent. Et toutes celles recueillies depuis de longues années t'accablent aussi", dit-il en cherchant du regard l'approbation de ses troupes. Il se racla la gorge et continua : "Nous t'avons traqué, pendant des siècles. Cette nuit marque la fin de ton règne de terreur."

Lucian le fixa, un sourire dédaigneux se dessinant sur son visage. "Tu crois vraiment pouvoir me vaincre, commandant ?", dit-il en lâchant un rire gras qui faisait penser à celui de Florinda. Ou inversement. "Je suis bien au-delà de ce que tu peux imaginer", conclut-il, sans attendre de réponse.

Le commandant Bichon ne se laissa pas déstabiliser par ces paroles arrogantes. Il resta imperturbable, prêt à tout pour neutraliser cette menace. "Nous avons les forces nécessaires pour t'arrêter. Ta puissance ne fait pas le poids face au feu qui anime les cœurs de mes braves qui m'accompagnent."

Lucian, confiant en sa force, concentra son énergie et déclencha une nouvelle attaque, envoyant des éclairs destructeurs dans toutes les directions. Les soldats ripostèrent avec une pluie de balles, de grenades, de roquettes, mais Lucian les dévia avec une facilité déconcertante, ne montrant aucun signe de faiblesse.

Carla, Sandra et Paul, soudain immobilisés à leur tour par les pouvoirs de Lucian, cherchaient désespérément à se libérer. Ils savaient que leur seule chance était de le neutraliser avant qu'il ne cause de terribles dégâts humains.

Carla, utilisant ses dernières forces, puisa dans une réserve d'énergie cachée en elle. Elle se concentra intensément, visualisant chaque mouvement précis qu'elle devait effectuer. Une fois prête, elle libéra toute cette énergie en un seul instant, brisant les liens qui les retenaient captifs.

Le commandant Bichon, observant la scène avec attention, sous les vagues de tirs, remarqua le retournement situation et comprit qu'il devait agir rapidement. Il donna l'ordre à ses troupes de se concentrer sur Lucian, l'attaquant de toutes parts et par tous moyens.

Lucian résista à l'assaut, utilisant toutes ses capacités pour se défendre. Les échanges de pouvoirs et d'attaques violentes se multiplièrent, ébranlant le sol et faisant trembler les murs de la maison. Le jardin se transforma rapidement en un champ de bataille chaotique, éventré et creusé de toutes parts.

Le commandant Bichon, inébranlable face à l'adversité, s'avança pour vaincre Lucian une fois pour toutes. Il ordonna à ses meilleurs soldats de l'encercler de plus près, pour augmenter considérablement leur puissance de frappe, et tenter de le piéger dans une position défavorable.

Carla, Sandra et Paul, à bout de forces, rejoignirent les troupes du commandant Bichon, prêts à soutenir l'attaque finale contre Lucian.

Pendant de longues minutes, aucun camp ne semblait céder. C'est lorsque les munitions commençaient à manquer, après un combat d'une violence sans retenue, que Lucian montra les premiers signes de faiblesse.

Le regard rempli de rage et de frustration, il réalisa que sa puissance ne suffisait pas pour faire face à cette coalition. Il n'était pas aussi prêt qu'il l'aurait voulu. Il ne disposait pas de ses pouvoirs de Grand Maître. Au cours de son existence sur cette planète, il n'avait pu que bricoler ici où là, pour donner le change. Et surtout, il n'avait encore jamais croisé la volonté spartiate du commandant Bichon.

Il se retrouva bientôt acculé, pris au piège au milieu d'un cercle de soldats qui se refermait sur lui, vidant sans cesse leurs chargeurs, sans la moindre trace de pitié dans leurs regards.

Le commandant Bichon leva la main pour faire cesser le feu. Puis il s'avança lentement vers Lucian, tombé à genoux, son regard rivé sur lui. Bichon l'observa un instant, puis lui relevant le menton avec une fine cravache qu'il tenait de la main droite lui dit : "C'est fini, Lucian. La terreur que tu a semée sur cette terre s'achève ici et maintenant."

Lucian, épuisé et vaincu, baissa la tête, acceptant sa défaite imminente. Les soldats s'approchèrent de lui avec prudence, prêts à le neutraliser et à le mettre hors d'état de nuire. Carla, Sandra et Paul se regardèrent, soulagés mais conscients que la bataille n'était pas encore totalement gagnée.

Le commandant Bichon se recula pour laisser ses soldats reprendre le terrain. Une fois encore il regarda Lucian dans les yeux. "Tu as fait beaucoup de mal, Lucian. Mais aujourd'hui, la justice triomphe. Tu seras désormais mis hors d'état de nuire, et le monde pourra enfin retrouver la paix."

Dans un geste désespéré, Lucian, ne pouvant plus s'élever dans les airs car à bout de forces, fonça en contournant la maison pour arriver à la grande porte d'entrée. Il voulait visiblement s'y réfugier pour tenter d'échapper à ce piège qui venait de se refermer sur lui.

C'était pourtant peine perdue car les troupes du commandant Bichon l'encerclaient déjà à nouveau, le privant de toute possibilité d'échapper à leur étreinte mortelle. Les soldats avaient reçu l'ordre de ne plus tirer, de simplement maintenir Lucian en place, afin de laisser le commandant s'approcher de lui.

Bichon avançait lentement, l'air pensif et habité, comme s'il mesurait une distance en comptant ses pas. Ces pas résonnaient bientôt dans le silence pesant revenu autour de la maison.

De nouveau face à Lucian, le commandant Bichon l'observait avec une lueur de triomphe dans les yeux.

"Lucian, désires-tu faire une dernière déclaration ?", demanda le commandant, d'un ton posé mais empli d'une froideur implacable. "Est-ce que tu as une dernière volonté ?", insista-t-il, voyant que Lucian ne réagissait plus.

Celui qui un jour fût le Grand Maître de l'univers connu, leva les yeux vers le commandant Bichon, un sourire ironique aux lèvres. "Tu as de la chance, Bichon...", toussa-t-il en crachant du sang. "Ma dernière volonté est que tu ailles brûler en enfer, Bichon." cracha-t-il encore avec mépris, couvrant de sang le visage du commandant.

Bichon ne perdit pas son aplomb face à l'insulte de Lucian. Au lieu de cela, il se contenta de sourire en se nettoyant méticuleusement le visage avec son mouchoir blanc, qui vira rapidement au rouge.

Il recula ensuite de quelques pas. Il leva sa main droite, qu'il maintint en l'air pendant deux ou trois secondes. Et d'un simple claquement de doigts, il donna l'ordre à ses soldats présents devant cette porte imposante. Les cliquetis de l'armement de leurs armes se propagea comme une vague de cris dans un stade et ils ouvrirent le feu. Les rafales de balles fusèrent alors vers Lucian, qui se retrouva rapidement submergé par les projectiles.

Pourtant affaibli, il voulait résister encore avec une volonté farouche, pour montrer à ces vils humains qu'ils n'étaient rien pour lui. La tension émotionnelle était à son comble, chaque instant semblant durer une éternité. Carla, qui assistait à ce massacre en règle, avait les joues couvertes de larmes, et les yeux rouges, comme le sang qui coulait des innombrables blessures endurées par Lucian.

Même en invoquant sa dernière énergie vitale, Lucian ne put tenir indéfiniment. Les balles finirent par le transpercer vraiment, sondant sa chair et sa volonté. Il chancela, mais refusa de tomber. Il se redressa, le visage déformé par la douleur et la rage.

Finalement, les tirs cessèrent et un silence lourd s'installa devant la maison, bientôt déchiré par des cris de douleur de Nia et de Florinda qui, prisonnières des soldats, assistaient aussi impuissantes à la fin de leur maître.

Lucian tomba à genoux, une dernière fois, fixant le commandant Bichon avec des yeux injectés de colère.

Ce dernier d'un pas lent, un air de supériorité flottant autour de lui. "Tu n'as pas de chance, Lucian..." dit-il d'une voix calme, mais empreinte d'une froideur impressionnante. "J'espère que tu réfléchis à tes actes, dans tes derniers instants sur cette terre."

Lucian grimaça, tentant de se tenir encore droit. "Tu ne peux pas me tuer, Bichon. Je suis bien plus puissant que tu ne peux l'imaginer." murmura-t-il avec un dernier souffle de vie.

Le commandant Bichon eut un sourire amusé. "Les mots d'un homme vaincu." répliqua-t-il, avant de faire signe aux soldats d'achever leur travail.

Les balles fusèrent une fois de plus vers Lucian, qui tenta désespérément de les éviter. Mais cette fois-ci, il n'était plus aussi vif et agile. Les projectiles le touchèrent sans pitié, déchirant sa chair exposée sans bouclier, le faisant chanceler et tomber sur le pas de la grande porte de sa maison, là où il avait cru pouvoir trouver refuge.

Lucian gisait maintenant sur le sol, le visage défiguré par la douleur et la défaite. Le commandant Bichon s'avança, dominant sa victime de sa stature imposante.

"C'est fini, Lucian." déclara-t-il d'une voix sûre, le regard empreint d'une satisfaction sombre. "La terreur que tu as semée sur cette terre s'achève ici et maintenant."

Le commandant Bichon dégaina son poignard de combat et s'approchant de la tête de Lucian, lui transperça le tempes de part en part.

Nia et Florinda hurlèrent une nouvelle fois de douleur dans un râle guttural alors que les soldats les poussaient, menottées et sans ménagement, dans un fourgon. Nia, vieillissant à vue d'œil, tenant à peine sur ses jambes, trébucha et se blessa le visage contre le rebord tranchant d'une des portes du fourgon.

La maison fut sommairement fouillée et tous les gardes et monstres difformes furent arrêtés sans ménagement, ni résistance de leur part.

Auteur d'une victoire sans appel contre le mal, le commandant Bichon se redressa et tendit son poignard à un des soldats en faisant un signe à d'autres de ses hommes positionnés plus loin. "Faites-les entrer", tonna-t-il pour ouvrir l'accès du périmètre aux innombrables journalistes des médias qui attendaient fébriles.

Il s'approcha ensuite de Carla pour la remercier pour son travail remarquable.

"Carla, je dois dire que vous m'avez une fois de plus impressionné. Vous nous avez permis de mettre fin à la cavale de ce qui semble être le plus grand criminel de l'Histoire. Vos supérieurs, et en particulier votre mentor le général Kunder, peuvent être fiers de vous", la félicita-t-il en lui serrant chaleureusement les deux mains.

"Je vous dois aussi beaucoup, commandant. Nous venons peut-être de sauver notre monde ce soir", ajouta-t-elle bientôt entourée de Sandra et de Paul.

"Carla, vous pleurez ?", remarque Bichon en la regardant de plus près.

"C'est une longue histoire, commandant...", répondit-elle, en baissant le regard.

"Très bien. Je ne suis pas celui qui vous embêtera avec ça", dit-il d'une voix chaleureuse en s'éloignant.

Le commandant leur adressa un ample sourire avec ses deux pouces pointés vers le ciel et donna d'un geste l'instruction aux équipes médicales sur place de les prendre en charge pour évaluer leur état de santé.

Puis, se retournant sur place comme une toupie, il plongea dans la foule des journalistes, comme une rock star qui plonge dans son public en plein concert.

Ces derniers se bousculaient, brandissant leurs micros et leurs caméras, tous avides d'obtenir des réponses du commandant Bichon. Il arborait un sourire triomphant et répondait face caméra avec une assurance inébranlable.

"Commandant Bichon, comment vous êtes-vous préparé pour cette mission ?" demanda une journaliste en lui tendant un micro presque dans la bouche.

Le commandant recula instinctivement, invitant d'un geste tous les présents à plus de sérénité. Puis, d'un geste satisfait, il ajusta son uniforme avant de répondre : "Eh bien, nous avons mené une enquête approfondie sur Lucian et son réseau de criminels. Nous avons analysé toutes ses habitudes, ses faiblesses comme ses forces. Ensuite, nous avons mis en place une stratégie très élaborée consistant à le mettre dos au mur, littéralement !"

Les journalistes rirent légèrement devant l'aplomb du commandant. Une autre question fusait déjà : "Quels étaient les défis auxquels vous avez été confrontés lors de cette opération ?"

Bichon prit un air pensif, comme s'il se remémorait les nombreuses difficultés qu'il avait rencontrées. "Eh bien, je dirais que le plus grand défi était de garder notre sérieux en voyant ce Lucian avec cette cape noire. On aurait dit qu'il sortait tout droit d'un de ces mauvais films de vampires ! Mais heureusement, mes équipes d'élite étaient prêtes à relever tous les défis, même les plus... excentriques."

Les journalistes riaient de plus en plus, impressionnés par l'humour potache du commandant. Une journaliste en particulier ne pouvait s'empêcher de sourire en posant sa question : "Commandant Bichon, avez-vous des plans pour fêter cette victoire ?"

Bichon fit à nouveau mine de réfléchir profondément avant de répondre avec un air de satisfaction : "Je pense que je vais demander à mes hommes de préparer un barbecue géant, avec des saucisses à volonté pour tous les soldats !", les journalistes riaient à pleines dents. "Après tout, c'est un événement historique, je viens... euh, nous venons de terrasser le plus grand criminel de tous les temps. Nous devons marquer le coup ! Et peut-être que je me laisserai tenter par un petit spectacle de danse, qui sait ?"

La foule de journalistes éclata de rire devant l'autodérision du commandant. Une dernière question était sur toutes les lèvres : "Commandant Bichon, que comptez-vous faire maintenant que Lucian est définitivement neutralisé ?"

Le commandant Bichon prit une grande inspiration avant de répondre avec un air de grandeur : "Eh bien, je pense que je vais prendre des vacances bien méritées sur une île paradisiaque. J'ai entendu dire qu'ils organisaient un concours de lancé de noix de coco. Je pense que j'ai toutes mes chances ! Et ensuite, je reviendrai pour protéger le monde, car là est ma véritable mission."

Les journalistes applaudirent, captivés par les réponses cocasses et inspirantes du commandant. Ils étaient conquis par sa personnalité charismatique et sa capacité à allier courage et légèreté.

Dans l'intervalle, Carla, Sandra et Paul s'étaient joints au commandant Bichon pour répondre aux questions plus sérieuses des journalistes. Ils partageaient tous un sentiment de fierté d'avoir pris part à cette mission cruciale pour sauver le monde.

Plus tard, alors que les projecteurs s'étaient éteints et que la foule se dissipait, Carla, Sandra et Paul se retrouvèrent avec le commandant Bichon pour une petite fête improvisée. Ils trinquèrent à la victoire, partageant rires et anecdotes sur l'opération.

"Commandant Bichon, je ne vous ai jamais vu aussi détendu", remarqua Carla en levant son verre.

Bichon sourit, ses yeux pétillant d'amusement. "Eh bien, Carla, il y a des moments où il faut savoir décompresser et célébrer nos victoires. Je suis un commandant au quotidien très lourd à porter, mais je suis également un homme avec une appréciation pour l'humour et la joie de vivre. Après tout, si on ne peut pas rire un peu dans ce monde parfois chaotique, autant ne pas se battre du tout !"

La petite fête se poursuivit dans la bonne humeur, chaque membre de l'équipe ressentant un profond sentiment de camaraderie et de gratitude envers le commandant Bichon. Ils savaient que cette victoire n'était pas seulement la sienne, mais celle de toute l'équipe et de tous ceux qui s'étaient battus pour la paix.

Dans les jours qui suivirent, des fouilles approfondies furent menées dans la maison de Lucian. Les experts comparaient la complexité architecturale ahurissante de ce bâtiment avec celles des pyramides. Pourtant aucun laboratoire secret ne fut trouvé.

Les médias relataient surtout l'histoire épique de la capture de Lucian et de sa bande de criminels, diffusant en boucle les images floutées de l'arrestation. Ils détaillaient aussi ses méfaits au fil des siècles. Cela apporta un éclairage inédit sur toute une série de personnages célèbres : politiques, du milieu des affaires ou artistes, qui avaient de près ou de loin été complices de Lucian. Cela provoqua une onde de choc planétaire. Ces révélations ouvraient une nouvelle perspective sur ce que l'on croyait être des certitudes historiques.

Le commandant Bichon était maintenant considéré comme un héros international, et Carla, Sandra et Paul furent célébrés pour leur courage et leur résilience exemplaire. Ils eurent tous droit à une décoration lors d'une cérémonie solennelle retransmise en direct.

La bataille avait été rude, mais grâce à leur ténacité et à leur esprit d'équipe, ils avaient réussi à arrêter Lucian et à ramener une paix durable dans le monde. La mission était un succès retentissant, et tous savaient que c'était grâce à leur volonté de se soutenir mutuellement et de ne jamais abandonner.

Joyeux Anniversaire

"Ce type me regarde depuis cinq minutes", déclara Carla avec une certaine appréhension.

"Oh non ! Tu ne vas pas recommencer ton petit numéro !", grogna Sandra, à la fois amusée et déçue de constater que son amie n'avait pas réussi à se débarrasser de son érotomanie galopante.

Quelques semaines s'étaient écoulées.

Sandra avait récemment quitté son poste de vendeuse pour suivre des études d'archéologie. Elle s'était prise d'une passion soudaine pour la recherche des traces des savoirs anciens, enfouis sous terre, qui pourraient contribuer à améliorer le monde. Elle était persuadée que nous ne connaissions qu'une infime partie de ce que nos ancêtres avaient pu découvrir et créer.

De son côté, Carla avait été promue à la tête d'un département entier de lutte contre le terrorisme. Elle avait proposé d'enseigner en particulier les techniques de haute technologie qu'elle avait apprises pour lutter contre toutes sortes d'ennemis, même les plus improbables. On l'interrogea longuement sur les sources de ce savoir devenu si précieux - et efficace - mais elle préféra rester évasive. C'était "une tout autre histoire", affirmait-elle avec élégance et détachement. Elle avait aussi offert à Paul, grâce à ses talents autodidactes en cryptologie, de la rejoindre dans cette mission de la plus haute importance.

L'épreuve qu'ils avaient vécue ensemble avait rendu leur amitié encore plus forte, leur avait conféré une maturité bénéfique et avait donné un sens profond à leur existence. C'était, d'une certaine manière, leur passage à l'âge adulte.

Ils avaient perdu une part de leur innocence, mais avaient trouvé une nouvelle force dans leur vie.

Ce soir-là, Carla et Sandra avaient enfin réussi à s'accorder une pause dans leur emploi du temps chargé pour passer une soirée ensemble, comme au bon vieux temps.

C'était une occasion rêvée pour elles de se retrouver, loin de toute pression ou contrainte, et de partager un moment de joie.

Pour cette occasion particulière, Sandra avait choisi un petit restaurant discret, loin des quartiers touristiques. Sandra avait préparé une surprise pour célébrer l'anniversaire de Carla. Cette dernière était impatiente de découvrir ce que son amie farceuse lui avait réservé cette fois.

"Je te jure. Regarde, mais discrètement, d'accord ?", murmura Carla, comme pour partager un secret.

Avec bienveillance, Sandra accepta de jouer le jeu. Elle détourna le regard, fixant avec un grand intérêt les magnifiques décorations qui ornaient les murs du petit restaurant traditionnel. Son regard finit par se poser sur un vieil homme, légèrement enrobé, qui savourait goulûment une soupe tout en les observant de temps à autre, comme s'il cherchait un détail précis.

"Oui, et alors ? Peut-être qu'il regarde le décor derrière nous, tu ne crois pas ?", tenta Sandra pour calmer les inquiétudes de son amie.

"Non, il me regarde, moi", insista Carla en posant sa fourchette et en essuyant ses lèvres.

"Tu penses qu'il va se lever et te donner sa carte de visite ?", ricana Sandra.

"Tu es bête. Je n'en sais rien. Je me sens tout simplement mal à l'aise maintenant. J'aimerais partir d'ici au plus vite", demanda Carla, gardant un œil vigilant sur le vieux monsieur, observant chacun de ses gestes, par précaution.

"C'est dommage, tu vas rater la petite surprise que je t'ai préparée", dit Sandra d'un ton désolé.

"Ce n'est pas grave. Tu me la feras une autre fois si ça ne te dérange pas. Peux-tu demander l'addition ?", murmura Carla, sentant une chaleur monter dans tout son corps, une sensation à laquelle elle n'était pas habituée.

"Trop tard, voici ta surprise !", s'exclama Sandra en voyant arriver un petit cortège composé de la serveuse, du chef cuisinier et d'un jeune garçon qui s'approchait avec un gâteau d'anniversaire dans les bras sur lequel étaient plantées deux bougies allumées, avec les chiffres 2 et 5.

"Sandra, tu es incorrigible !", s'écria Carla, esquissant un sourire en direction du jeune garçon.

"Cela ne te fait pas plaisir ?", demanda Sandra, pleine de bonnes intentions.

"Mais si, tu es adorable. Tu sais bien que je n'aime pas trop être le centre d'attention en public, mais ce garçon est trop mignon avec son gâteau", dit Carla, touchée par cette petite célébration, sans doute organisée avec soin par l'équipe du restaurant.

Le jeune garçon s'approcha avec précaution, aidé par la serveuse, pour poser le gâteau sur le bord de la table. La musique se mit à jouer la mélodie du "Joyeux Anniversaire", bientôt reprise en chœur par les convives.

"C'est formidable Sandra, cela me fait vraiment plaisir", assura Carla en remerciant le jeune garçon d'un sourire tendre, tout en remarquant que le vieil homme avait momentanément abandonné sa soupe, pour applaudir à deux mains, en rythme avec la musique.

Tout le monde chantait à l'unisson devant Carla, qui se sentait plus émue par cette attention qu'elle ne l'aurait imaginé. Face à elle se déployait le spectacle chaleureux de cette petite troupe du restaurant, rejointe par quelques clients enthousiastes. Tout cela avait été orchestré avec soin par Sandra, qui arborait un sourire radieux de l'autre côté de la table.

"Tu le mérites, Carla. Joyeux anniversaire", lui souhaita Sandra, devinant l'apparition de quelques larmes de joie dans les yeux de son amie.

"Merci, merci à tous", dit Carla en essuyant discrètement le coin de ses yeux. "Vous êtes adorables, merci infiniment !", puis se tournant vers le jeune garçon, qui semblait le plus heureux des enfants, le visage illuminé par la chaleur douce et dansante des flammes des deux bougies, elle demanda : "Et toi, mon grand, comment t'appelles-tu ?"

Le garçonnet jeta un regard à Sandra, comme s'il cherchait l'autorisation, puis bomba fièrement le torse, comme s'il allait souffler les bougies : "Je m'appelle Lucian, madame."

Carla le fixa pendant une éternité.

La joie et l'insouciance qui émanaient du visage de Carla laissèrent peu à peu place au doute, à la peur, puis à la terreur. Cette chaleur intense qui la consumait depuis quelques minutes devint insoutenable lorsque Sandra, prenant le jeune garçon par la main et le tournant vers elle, lui dit :

"Carla, je te présente ton fils."

Le monde chavirait devant ses yeux. Avant de perdre connaissance, Carla eut le temps d'apercevoir Florinda et Nia - arborant une jeunesse resplendissante - qui approchaient toutes les deux depuis le fond du restaurant.

FIN

Did you love *Le Destin de Lucian*? Then you should read *Chasseur de Pierres Noires*[1] by Paul Toskiam!

Alors que Vera tire le rideau de la fenêtre de la chambre, un frisson lui parcourt l'échine. Une silhouette sombre est là, cachée sous un manteau à capuchon, l'observant, debout sous la pluie. Des éclairs traversent le ciel, révélant brièvement un visage étrange, venu d'un autre monde... qui la regarde.

Qui est cette ombre qui hante Vera et sa famille ? Quels sont les secrets qui entourent ce mystérieux personnage ? Une vague de tragédie s'est abattue sur cette petite ville habituellement paisible, entraînant la police et les services de secours dans une lutte effrénée contre des forces invisibles. Cette ombre est déterminée à s'emparer de la pierre noire que Vera a trouvée près de la rivière : un trésor d'une valeur inimaginable.

---

1. https://books2read.com/u/mlzNJP

2. https://books2read.com/u/mlzNJP

D'où vient cette pierre tant convoitée ? Quels sont ses pouvoirs ?

Plongez dans cet extraordinaire enchaînement d'événements. La tension croissante vous portera inexorablement vers une révélation finale qui vous laissera sans voix : comment tout cela est seulement possible ?

Commandez votre exemplaire dès aujourd'hui et laissez-vous envoûter par le pouvoir de fascination de « Chasseur de Pierres Noires ».

Also by Paul Toskiam

The Curse of Patosia Bay
Le bus de la peur
The fear bus
Elle mord les Zombies !
She Bites Zombies
No Treasure for the Brave
Pas de Trésor pour les Braves
Black Stone Hunter
Chasseur de Pierres Noires
Le Destin de Lucian
The Fate of Lucian

About the Author

Discover the captivating universe of PAUL TOSKIAM, the master of the extraordinary infiltrating the ordinary. With a voracious pleasure for turning mundane situations into thrilling adventures, he will make you reevaluate your certainties and completely shake up your perspective.

Forget about traditional patterns because with PAUL TOSKIAM, you will be drawn into extraordinary plots where tension is palpable on every page turned. The heroes and villains are not who you think they are. It's what will drive you crazy, but also what you'll love.

But that's not all, subtle and irresistible humor is one of PAUL TOSKIAM's trademarks. His characters come to life with realism, becoming endearing and unpredictable, adding a unique touch to each story.

9 7 9 8 2 2 7 6 9 4 0 3 4